MARIANNE KAURIN

INKEN ODER ALBA

Aus dem Norwegischen von Franziska Hüther

Die Übersetzung wurde finanziell gefördert von NORLA,
Norwegian Literature Abroad

Deutsche Erstausgabe
1. Auflage
© Atrium Verlag AG, Imprint WooW Books, Zürich 2024
Alle Rechte vorbehalten
© Text: Marianne Kaurin
Die Originalausgabe erschien unter dem Titel *Trivselslederen*
bei H. Aschehoug & Co. (W. Nygaard) AS, Oslo 2023
Published in agreement with Oslo Literary Agency
Aus dem Norwegischen von Franziska Hüther
Coverillustration: Friederike Ablang
Satz: Pinkuin Satz und Datentechnik, Berlin
Druck und Bindung: GGP Media GmbH, Pößneck
ISBN 978-3-03967-038-3

www.woow-books.de

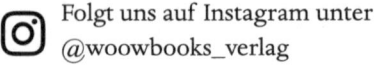

AN ETWAS SCHÖNES DENKEN

Ich hab mal von einem Mann gelesen, der hat kurz vor seinem Tod etwas Merkwürdiges entdeckt. Er hatte sein Leben lang Tagebuch geschrieben und rausgefunden, dass alle großen Ereignisse an einem Donnerstag passiert waren. Er wurde an einem Donnerstag geboren, alle seine vier Kinder wurden an einem Donnerstag geboren und jetzt war er sicher, dass er an einem Donnerstag sterben würde. Jeden Mittwoch ging er voller Angst zu Bett. Und dann, eines Donnerstags, war es vorbei.

Wenn für mich dasselbe gilt, dann ist der Dienstag mein Tag. Nicht dass ich jeden Montagabend Angst hätte, schlafen zu gehen. Aber bevor Mama abgereist ist, hat sie mir ein grünes Buch geschenkt, in das schreibe ich jetzt wichtige Dinge und ich erkenne da ein Muster. Alle großen Ereignisse sind an einem Dienstag passiert. An einem Dienstag hat Mama mir von ihrer Reise erzählt.

An einem Dienstag habe ich erfahren, dass Victoria nicht länger in unsere Klasse gehen wird. An einem Dienstag bin ich bei Papa eingezogen. Und die Sache mit Leo ist an einem Dienstag passiert. Um nur einige Beispiele zu nennen. Außerdem bin ich an einem Dienstag geboren. Das weiß ich von Papa.

Heute ist Montag und der letzte Tag der viel zu langen und öden Sommerferien. Jasmin war die ganze Zeit im Urlaub und hatte schlechten Empfang, deshalb haben wir kaum voneinander gehört, dabei sind wir beste Freundinnen. Jasmin und ich sind wie Schwestern, das haben wir so ausgemacht. Vielleicht, weil wir uns beide heimlich eine Schwester wünschen. Ich habe keine Geschwister und Jasmin hat drei Brüder, deshalb passt es perfekt, dass wir Quasi-Schwestern sein können.

Bevor Mama weg ist, hat sie immer vor ihrem Computer gehockt und behauptet, sie wäre gleich fertig. Oder sie hat von ihrem Job geredet, was meistens so langweilig ist, dass ich auf Durchzug stelle und nur »ja« und »mhm« antworte, während ich irgendetwas anderes auf meinem Handy mache. Videos von Cora & Caitlin gucken, zum Beispiel. Die beiden sind Schwestern und beste Freundinnen und krass gut im Schminken. Das kann ich mir stundenlang ansehen.

Bei schönem Wetter bin ich in den Ferien mit dem Fahrrad zum Strand gefahren. Und da ist *die Sache mit Leo* passiert. So hab ich es in meinem grünen Buch genannt. In letzter Zeit denke ich immer an Leo, wenn ich an etwas Schönes denken will. Früher habe ich an Waffeleis, Schnee und Barbiezubehör gedacht, aber jetzt denke ich an Leo. Leo ist der beliebteste Junge in unserer Klasse. Letztes Jahr war er mit Victoria zusammen und dadurch ist er noch beliebter geworden. Das ist ein bisschen wie bei Stars. Wenn ein Star mit einem anderen zusammenkommt, werden beide sozusagen doppelt so beliebt wie vorher. Aber dann hat Victoria eines Tages in den Sommerferien, es war ein Dienstag, in die Klassengruppe geschrieben, dass sie mit ihrer Familie für ein Jahr nach Frankreich zieht. Alle nur so »Oh nein, voll blöd« oder »Du wirst uns fehlen«. Ich hab dasselbe geschrieben, aber in mein grünes Buch hab ich ein dickes, fettes HURRAAAAA über die ganze Seite gemalt. Sich freuen, weil jemand wegzieht, ist ziemlich mies und so bin ich eigentlich gar nicht. Aber wenn Victoria weg ist, besteht eine größere Chance, dass Leo auf mich aufmerksam wird. Zumindest, wenn ich die Ratschläge von Cora & Caitlin befolge und dafür sorge, dass ich beliebt werde. Was mein fester Plan ist, sobald ich morgen in der Siebten beginne.

An einem Dienstag in den Sommerferien bin ich vom Strand nach Hause gefahren und wollte eigentlich den restlichen Tag mit Cora & Caitlin verbringen, aber dieser

Tag war einer der wichtigen Dienstage. Zu Hause habe ich direkt gemerkt, dass irgendwas los ist. Schon im Flur hat es nach Zimtschnecken geduftet, was allein schon merkwürdig war, weil Mama sonst immer nur pappiges Vollkornbrot backt. Mama hat mich empfangen wie eine Prinzessin, dabei war ich doch nur am Strand.

»Super, da bist du ja, Inger Karin«, sagte sie feierlich. »Ich muss etwas mit dir besprechen.«

Mama ist die Einzige auf der Welt, die mich bei meinem richtigen Namen nennt. Nur alte Omas heißen Inger und Karin, und wenn du den Doppelnamen Inger Karin hast, musst du mindestens Uroma sein. Mama und Papa wollten mich unbedingt nach irgendeinem Verwandten benennen, und da sie nicht mehr die Jüngsten waren, als ich kam, haben sie mich vorsichtshalber gleich nach beiden Omas benannt. Die waren natürlich megahappy, aber dann sind beide gestorben, bevor ich drei war, sonderlich viel haben sie also nicht davon gehabt. Das heißt, meine Eltern hätten mich auch Iselin oder Victoria nennen können oder irgendetwas anderes, was *mir* gefällt. Als ich klein war, konnte ich Inger Karin nicht aussprechen, deshalb wurde Inken daraus. So nennen mich alle, außer Mama, besonders, wenn sie sauer ist oder mir irgendwas Wichtiges zu sagen hat.

»Was ist los?«, fragte ich, ohne mich hinzusetzen. Eine ganze Menge, schwante mir. Der Tisch war mit zwei Tellern, einer Cola Light und gelben, hübsch gefalteten Servietten mit Erdbeermotiv gedeckt. Auf der Küchenkonsole lag eine leere Zimtschneckenpackung. Ich bekam ein ungutes Gefühl. Irgendwas war mit Mamas Blick. War sie krank? Oder gefeuert worden? Nein, ihre Augen sahen gut gelaunt aus. Hatten wir im Lotto gewonnen? Ich malte mir aus, wie Mama sagen würde, dass wir für ein Jahr nach Kalifornien ziehen, wir wären jetzt nämlich reich und könnten in einer Riesenvilla mit Swimmingpool wohnen und jeden Tag shoppen gehen. Aber das wäre wahrscheinlich so ziemlich das Letzte, wofür Mama ihren Lottogewinn ausgeben würde.

»Es geht um die Arbeit«, sagte Mama aufgeregt. »Die Reise wurde vorgezogen. Alles ist in trockenen Tüchern, plötzlich ging es ganz schnell.«

Ich sah sie an. Was für eine Reise?

»Mein Forschungsprojekt!«, rief sie und stopfte sich eine Zimtschnecke in den Mund. »Jetzt geht es endlich los!«

Und dann wiederholte sie, was sie mir bestimmt schon hundert Mal erzählt hatte, ohne dass es hängen geblieben war, nämlich dass sie eine Forschungsreise auf eine Insel im Pazifischen Ozean machen würde, um die Lebensweise der Einwohner dort zu studieren. Ihr »Familienverständnis«. Ich starrte auf Mamas Mund, während sie immer weiterredete und die Zimtschnecke mampfte.

»Das heißt, solange ich weg bin, wohnst du bei Papa.« Mama legte den Kopf schräg und machte ein Gesicht, als fände sie es ärgerlich, dass sie wegmuss, aber ihre Augen leuchteten, wie sie es nur tun, wenn irgendetwas Großartiges bei ihrer blöden Arbeit passiert.

»Tut mir leid, ich weiß, das kommt jetzt alles ein bisschen plötzlich, aber das wird bestimmt schön, ein paar Monate bei Papa zu wohnen.«

Was das betraf, waren Mama und ich nicht ganz einer Meinung, aber die Sache ließ sich schlecht ändern. Das Familienleben auf einer Insel im Pazifik kann man nicht von einer Wohnung in Norwegen aus erforschen. An einem Dienstag in den Sommerferien bin ich deshalb in Papas gelbes Reihenhaus gezogen.

Abends schrieb ich in das grüne Buch:

Nachteile, wenn ich bei Papa wohne:

— *Papa redet nur über langweiligen Kram*
— *Viel längerer Schulweg und total weit weg von allen, vor allem Jasmin!*
— *Papa kann nicht kochen (Pro: viel Tiefkühlpizza)*
— *Es wird absolut nichts passieren und ich werde mich zu Tode langweilen*

Im letzten Punkt habe ich mich zum Glück geirrt. Es war zwar langweilig, aber ich bin nicht tot. Und jetzt habe ich Herzklopfen, weil morgen wieder ein Dienstag ist und etwas Neues beginnt. Ich habe mich vier Stunden lang vorbereitet, indem ich mir immer wieder Cora & Caitlins Video *How to make an entrance – wie man einen coolen Auftritt hinlegt* angesehen und damit vor dem Spiegel geübt habe. Jetzt liege ich unter der Bettdecke, die nach Papas Haus riecht, und versuche, an etwas Schönes zu denken. Das rät Mama mir immer, wenn ich mich nicht entspannen kann. Ich denke an Mama und an Leo und an eine Lidschatten-Palette, die ich mir wünsche, und daran, dass meine Schwester Jasmin endlich zurück ist und ich es kaum erwarten kann, sie morgen zu sehen.

Ich lese noch mal alles, was ich im Laufe des Sommers in mein grünes Buch geschrieben habe. Es geht sehr viel um Leo, voll peinlich alles, zum Glück liest das außer mir keiner.

Darauf freue ich mich in der Siebten:

– *In den Pausen nicht mehr spielen müssen*
– *Jeden Tag Jasmin sehen*
– *Ganz, ganz vielleicht mit Leo zusammenkommen*
– *Als Siebener sind wir die Ältesten an der Schule*

Jasmin und ich haben die Siebener immer bewundert und davon geträumt, so zu sein wie sie. Letztes Jahr waren es vor allem Iselin und ihre Freundinnen, die von allen angehimmelt wurden. Jetzt sind sie auf der weiterführenden Schule. Wäre Victoria noch in unserer Klasse, würde sie jetzt garantiert die Beliebteste werden. Denk an was Schönes, flüstere ich erneut unter der Decke und male mir aus, wie ich eine Art Iselin oder Victoria werde. Eine, zu der alle aufsehen, eine von den Beliebten. Wie wird man so jemand? Ich glaube, ich würde so ziemlich alles dafür tun.

Bevor ich das Licht ausknipse, füge ich der Liste noch einen Punkt hinzu, den vielleicht allerwichtigsten, wenn das mit Leo etwas werden soll.

— *Beliebt werden*

ALLES BEGINNT AN EINEM DIENSTAG

Ich habe vorher noch nie bei Papa gewohnt. So richtig *gewohnt*, meine ich. Normalerweise fahre ich mittwochs nach der Schule mit dem Fahrrad zu ihm und *übernachte* jedes zweite Wochenende, weil Mama und Papa das vor Ewigkeiten mal vereinbart haben. Sie haben mich nie gefragt, was ich eigentlich davon halte.

Manchmal frage ich mich ernsthaft, ob Papa mitbekommen hat, dass ich inzwischen zwölfeinhalb bin und ein funktionierendes Gehirn besitze. Er fragt mich nur immer, was ich auf mein Pausenbrot möchte, als ob mich im Leben nichts anderes beschäftigt.

Gäbe es einen Wettbewerb, wer der langweiligste Mensch auf Erden ist, würde Papa den locker gewinnen. Er arbeitet irgendwas mit Straßen bei der Gemeinde, benutzt dauernd altmodische Wörter, kann nicht kochen und geht zu Besprechungen. In letzter Zeit hat er jeden Abend Besprechung.

Am ersten Tag nach meinem Einzug bei ihm hat Papa mich gefragt, ob ich Mama vermisse. Ich habe Nein gesagt, obwohl ich sie da schon so schrecklich vermisst habe, dass ich Herzstiche hatte. Ich wollte Papa nicht traurig machen, deshalb habe ich so getan, als würde ich mich mega freuen, bei ihm zu wohnen. Papa hat einen Berg Pfannkuchen gebacken und wollte, dass wir einen Film zusammen gucken. Aber an Tag zwei meinte er schon, dass er zu einer Besprechung müsste und ich mir eine Pizza machen soll, weil er spät nach Hause käme. Irgendwas Wichtiges mit irgendwelchen Straßen, worum er sich *unbedingt kümmern* müsse. Dasselbe an Tag drei und vier und inzwischen habe ich aufgehört zu zählen.

Heute Morgen bin ich mit einem Kribbeln im ganzen Körper aufgewacht. Ich habe mir noch mal das *How to make an entrance*-Video angeschaut. Um meine Ziele zu erreichen und beliebt zu werden, damit ich mit Leo zusammenkomme, ist ein guter erster Eindruck entscheidend. Cora & Caitlin erklären, wie man selbstbewusst läuft *(walk with a purpose)* und geben Ratschläge, wie man Aufmerksamkeit auf sich zieht und cool aussieht. Ich laufe ein paar Proberunden im Schlafanzug und filme mich, wie ich ganz lässig vom Kleiderschrank zum Schreibtisch gehe. Ich werfe meine Haare zurück und lächle zuckersüß in den Spiegel.

Seit *der Sache mit Leo* habe ich Leo nicht mehr gesehen, aber jetzt, während ich mich schminke, träume ich mich zurück zu dem Abend auf der Badeplattform.

Die Sache mit Leo war so: Ich war abends allein mit dem Fahrrad zum Strand gefahren und raus zu der Badeplattform geschwommen, wo ich entspannt auf dem warmen Holz lag. Da kam plötzlich ein Junge auf dem Fahrrad an den Strand. Oder was heißt Junge, ich hab ihn natürlich gleich erkannt. Leo warf das Fahrrad hin, sprang vom Sprungbrett und kam auf mich zugeschwommen. Mir blieb fast das Herz stehen. Kein Mensch war da, nur ich auf der Badeplattform und Leo im Wasser. Er kam näher. Ich klapperte mit den Zähnen und hörte mein Herz pochen. Was würde er sagen, wenn er mich entdeckte? Worüber sollten wir reden? Kurz habe ich überlegt, unauffällig hinter der Plattform ins Wasser zu tauchen, um einem peinlichen Gespräch zu entgehen, aber ich saß fest. Er musste gesehen haben, dass jemand auf der Plattform war, und ich konnte nirgends unbemerkt hinschwimmen. Dann passierte es. Leo kam die Leiter hochgeklettert und stand einen Moment neben mir. Das Wasser tropfte von seinen roten Badeshorts. Ich hab mich wieder hingelegt, ohne einen Ton zu sagen, und gedacht, jetzt muss ich cool aussehen. Dann habe ich seine Stimme gehört.

»Hey, Inken«, sagte er und setzte sich neben mich. Ich konnte das kalte Wasser an seiner Haut spüren. Ich setzte mich halb auf und versuchte, überrascht auszusehen, als hätte ich gar nicht gemerkt, dass jemand gekommen war, dabei hatte die Plattform heftig geschaukelt.

»Hi«, sagte ich kurz.

Ein Hi, wie man es auch zu seinem Nachbar oder der Kassiererin im Supermarkt sagt. Mein Herz hat wie wild gehämmert, aber ich habe mich ganz lässig aufgerichtet und versucht, genauso cool auszusehen wie Victoria. Leo lächelte mich an. Und so saßen wir einfach da in der Abendsonne, schwiegen und klapperten beide mit den Zähnen. Nach einer Weile fing Leo an, von seinen Sommerferien zu erzählen. Ich brauchte gar nichts zu sagen, er hat die ganze Zeit geredet. Wenn man die Zeit anhalten könnte, dann hätte ich es in diesem Augenblick getan. Auf der Badeplattform. An einem Dienstag in den Sommerferien. Aber auf einmal stand Leo auf und meinte, er müsste jetzt nach Hause, machte einen Kopfsprung ins Wasser, schwamm zurück zum Strand und fuhr weg.

Als ich zu Hause war, habe ich vier Seiten über Leo in mein grünes Buch geschrieben, und jetzt dauert es nur noch eine Stunde, bis ich ihn wiedersehe.

Als ich in die Küche komme, sitzt Papa am Tisch und hört Radio. Ein Mann redet sehr schnell über Wahlkampf und Politiker und bla, bla, bla. Papa hat die Nase in die Zeitung gesteckt. Ich hab ihm schon tausendmal gesagt, dass man die Zeitung auch online lesen kann, aber dann erklärt er mir nur immer, wie schön es ist, so wie er jetzt gerade eine Seite umzublättern. Laut Papa ist das nicht dasselbe wie Scrollen. Er ist sehr stolz, dass er dieses Wort gelernt hat: scrollen.

»Aufregender Tag heute, was, Inken?«, sagt er.

Es klingt, als hätte er den Satz einstudiert und nur auf mein Erscheinen gewartet, damit er ihn aufsagen kann.

»Es kommt mir vor, als wärst du gerade erst eingeschult worden. Und plötzlich bist du in der Siebten.«

Ich nicke.

»Die Zeit fliegt«, sagt Papa nachdenklich. »Nicht zu fassen, in einem Jahr kommst du schon auf die Weiterführende.«

Ich nicke wieder.

Wir frühstücken ohne ein weiteres Wort. Papa sind die einstudierten Sätze ausgegangen, er blättert in seiner Zeitung. Obwohl das Radio läuft, ist es seltsam still in diesem Haus. Viel stiller als bei Mama.

»Was hast du da im Gesicht?«, will Papa wissen, als er endlich von der Zeitung aufschaut.

»Schminke«, sage ich und werde plötzlich unsicher, ob

man am ersten Schultag in der Siebten geschminkt sein sollte oder nicht. Ich weiß nicht mehr, ob die Mädchen vom letzten Jahr es waren. Iselin & Co. Sicherheitshalber schicke ich Jasmin unter dem Tisch eine Nachricht.

»Du, Inken. Heute Abend muss ich leider wieder zu einer Besprechung«, sagt Papa entschuldigend. »Mit Vertretern vom Landkreis und dem Straßenbauamt. Es geht um ein Bauvorhaben, das ...«

»Okay«, unterbreche ich ihn, denn ich wüsste nicht, was mich weniger interessiert, als mit wem Papa Besprechungen hat und warum. Außerdem schreibt Jasmin, dass sie sich nicht geschminkt hat, was zu einer längeren Diskussion darüber führt, ob Schminke am ersten Schultag ja oder nein.

Zwischendrin kommt eine Nachricht von Mama. Sie schickt ein Bild von sich an Bord eines Schiffs und schreibt, dass sie jetzt vom Festland ablegen. Auf der Insel gibt es kein WLAN und auch sonst keinen Empfang, deshalb kann sie nur ab und zu von einem Festnetztelefon anrufen. Ich antworte mit einem Daumenhoch und einem Emoji mit Sonnenbrille, dann widme ich mich wieder Jasmin und der Frage schminken oder nicht.

Papa steht auf. »Ich muss jetzt los.« Er holt eine langweilige graue Anzugjacke und eine Mappe mit Straßendokumenten. »Die Straßen bauen sich nicht von selbst. Viel Spaß in der Schule!«

EIN COOLER AUFTRITT

Ich habe Jasmin überredet, mich bei Papa abzuholen, obwohl das ein ziemlicher Umweg für sie ist. Ist ja nur für eine Weile, habe ich ihr geschrieben und Jasmin, die beste Freundin der Welt, taucht um Viertel nach acht auf. Ich kann mich nicht erinnern, wann ich mich zuletzt so gefreut habe wie in dem Moment, als ich die Tür öffne und sie lächelnd davorsteht.

»Ich hab dich so vermisst!«, rufe ich und falle ihr um den Hals.

»Mhm«, antwortet Jasmin.

Wir umarmen uns lange. Ihr glattes braunes Haar riecht nach Pflegebalsam. Während sie weg war, haben wir nur zweimal gefacetimt, deshalb macht uns das Wiedersehen fast ein bisschen verlegen, obwohl wir beste Freundinnen und Schwestern sind. Jasmin sieht anders aus. Ihre Haare sind richtig lang geworden, sie hat die

Fingernägel helllila lackiert, neue Klamotten und: Sie hat sich auch geschminkt.

»Erzähl«, sage ich. »Wie war der Urlaub?«

Auf dem Weg zur Heiabakken-Schule erzählt Jasmin ohne Pause von ihrem Sommer in der Türkei und allem, was sie dort erlebt hat. Eine ganze Menge offenbar. Sie erzählt von ihrer Familie und lauter Leuten, von denen ich noch nie gehört habe. Vor allem redet sie von Sonya, einer Cousine, die zwei Jahre älter ist als wir.

»Wir waren ziemlich eng in den letzten Wochen«, sagt Jasmin und zeigt mir ein Foto auf ihrem Handy. Jasmin und Sonya lächeln Arm in Arm in die Kamera. Jasmin wischt weiter, ein Bild nach dem anderen ploppt auf. Die beiden am Strand, die beiden im Pool, die beiden beim Abendessen mit der Familie, die beiden mit ihrer Oma, Sonya mit Jasmins Familie. Sonya ist hübsch. Auf mehreren Bildern sieht Jasmin sie bewundernd an.

»Wir sind ja nur Cousinen, aber diesen Sommer waren wir wie Schwestern.« Jasmin wischt mit einem Lächeln um die Lippen weiter. Es sieht aus, als träume sie sich zurück in die Sommerferien und zu dieser Cousine, die mir langsam ein bisschen auf die Nerven geht. Ich freue mich für Jasmin, klar, aber Jasmin und ich, wir sind Schwestern. Das haben wir vor Ewigkeiten vereinbart.

Während Jasmin ihr Handy anlächelt, bekommt sie plötzlich eine Nachricht.

»Wo wir gerade von ihr sprechen ...« Sie hält mir das Display vor die Nase, damit ich all die Herzen und Smileys sehen kann, die Sonya ihr geschickt hat. Während wir einen der Hügel auf dem Weg zur Schule hochlaufen, schreibt Jasmin weiter mit Sonya, und ich weiß nicht richtig, was ich sagen soll.

Als wir an der weiterführenden Schule vorbeikommen, unterhalten sich die Schüler in Grüppchen und schauen dabei auf ihre Handys. Ein paar Mädchen lachen laut. Jasmin steckt ihr Handy weg und wir starren wie gebannt auf den Schulhof.

Iselin & Co stehen beisammen und schauen sich schüchtern um, ganz anders als letztes Jahr. Und dann passiert das Unglaubliche: Iselin winkt uns zu! Ein rasches, vorsichtiges Winken.

»Weiß sie, wer wir sind?«, frage ich Jasmin verdutzt.

Jasmins Mund steht offen. Ich hebe zögerlich die Hand und winke zurück. Iselin lächelt, dann wendet sie sich den anderen in ihrer Gruppe zu, die jetzt zu den Jüngsten auf der Weiterführenden gehören.

»Oh mein Gott!«, sage ich zu Jasmin. »Sie weiß echt, wer wir sind!«

Beim Weitergehen halte ich eifrig nach Leo Ausschau. Und dann entdecke ich ihn ein Stück weiter den Hügel rauf auf dem Fahrrad. Die braunen Haare unter der Cap, sein Rücken unter dem dunkelblauen T-Shirt. Er ist über den Lenker gebeugt, tritt wie ein Irrer in die Pedale.

Es ist, als hätte Iselins Winken und ihr Lächeln Jasmin und mir neues Selbstvertrauen verliehen. Achtung, hier kommen wir!

»Hiiiii, Leo«, sagen wir im Chor, als wir an ihm vorbeilaufen.

Wir sind zu Fuß tatsächlich schneller als er auf dem Fahrrad. Ich höre, wie es knarzt, als er in den zweiten Gang schaltet, und dann taucht er neben uns auf.

»Hey«, sagt Leo und lächelt mich an.

Es ist dasselbe Lächeln wie auf der Badeplattform und geht mir durch und durch. Hat er so früher nicht immer Victoria angelächelt? Das muss doch etwas bedeuten. Er schaut mir in die Augen, schaltet erneut und sagt noch mal Hey. Mir fällt nichts Besseres ein, als mein Hi zu wiederholen. Und auf einmal merke ich, dass ich knallrot bin und schweißgebadet und dass alles, was ich zu Hause vor dem Spiegel geübt habe, wie weggeblasen ist. Statt meine Haare zurückzuwerfen und zuckersüß zu lächeln, stammle ich ein Hi und noch ein Hi, als hätte ich in meinem Leben nur dieses eine Wort gelernt.

»Bis gleich«, sagt Leo und strampelt weiter den Hang rauf. Ich sehe seinem Rücken nach, bis er verschwindet, und denke mir, dass ich noch stark an mir arbeiten muss, wenn ich so werden will wie Victoria oder Iselin.

Der Schulhof ist wie ein großer brodelnder Kochtopf. Denk an etwas Schönes, sage ich mir und rufe mir ins Gedächtnis, wie Iselin & Co letztes Jahr das Schulgelände betreten haben. Jetzt sind wir die Ältesten. Ich gehe alle Punkte aus *How to make an entrance* durch, kontrolliere, dass die Sonnenbrille richtig im Haar sitzt, werfe meine Schultertasche zurück und versuche, zum Schulgebäude zu schreiten wie ein Model über den Catwalk. Bei den Bänken, wo Iselin & Co letztes Jahr immer standen, nehmen Jasmin und ich Aufstellung, atmen durch und versuchen, cool auszusehen, dann holen wir unsere Handys hervor und tippen wie wild darauf herum, während wir darauf warten, dass es zur ersten Stunde klingelt.

FRÄULEIN ENGAGIERT

König Harald erwartet uns im Flur vor dem Klassenzimmer. Ich hätte nicht gedacht, dass ich mich freuen würde, ihn wiederzusehen, aber er begrüßt uns mit einem Lächeln und den Worten, er hätte uns in den Ferien ganz schön vermisst. Den Spitznamen König Harald haben nicht wir ihm gegeben, den hat er sich selbst ausgedacht. Keine Ahnung, warum er sich nennt wie der König von Norwegen. Der ist nämlich mindestens neunzig und Harald ist gerade mal um die dreißig, trägt modische Hosen und schicke Hemden. Irgendwie will er gleichzeitig jung und alt sein.

Harald startet mit einem YouTube-Video von einer amerikanischen Klasse, in der jeder einen persönlichen Handshake mit dem Lehrer hat. Das sieht schon cool aus.

»Ich hab mir gedacht, so eine Klasse könnten wir auch sein«, ruft Harald, um die übertrieben laute Musik zu übertönen, und tanzt herum, oder besser gesagt: fuchtelt mit den Armen und hüpft auf und ab. Es tut schon beim Zusehen weh, weil Harald so ungefähr das komplette Gegenteil von dem coolen amerikanischen Lehrer ist. Trotzdem macht er ewig weiter, wahrscheinlich glaubt er, wir lachen, weil wir es lustig finden, dabei ist es einfach nur peinlich. Als er endlich die Musik ausschaltet, hat sein blaues Hemd Schweißflecken unter den Achseln. Er wischt sich über die Stirn und lässt den Blick durch die Klasse schweifen, deren König er ist.

»Dieses Schuljahr wird richtig spannend, Leute«, sagt er atemlos und voller Begeisterung. »Wir beschäftigen uns nämlich mit zwei großen Themen: erstens mit dem Thema Wahlkampf und zweitens mit dem Thema Netikette, also dem höflichen und respektvollen Miteinander im Internet!«

Seine Ankündigung klingt, als hätten wir schon den ganzen Sommer darauf gebrannt.

»Aber zuallererst und am allerwichtigsten: Wir haben eine neue Schülerin!«

Ich schaue mich um. Hä, neue Schülerin? Vorne bei der Tafel in der ersten Reihe, direkt neben Leo, sehe ich einen Hinterkopf mit langen braunen Zottelhaaren, die aussehen wie ein sehr schlampig gewebter Teppich. Harald zeigt auf den Zottelkopf und ein Mädchen mit Grübchen dreht sich um und schaut in die Runde.

»Das ist Alba. Heißt sie bitte herzlich willkommen. Alba, magst du uns ein bisschen von dir erzählen?«

»Sehr gern, Harald«, sagt sie wie eine Erwachsene, die gleich Vertretungsstunde halten wird. Wir duzen zwar alle Lehrer, aber so wie sie es sagt, klingt es trotzdem komisch. Alba geht vor, stellt sich neben Harald, holt Luft und legt los. Ihre Worte klingen wie einstudiert, genau wie bei Papa, aber sie hat wesentlich mehr auf dem Herzen als er. Ein unfassbarer Redeschwall kommt aus ihrem Mund und besonders das Wörtchen »engagiert« hat es ihr offensichtlich angetan. Klimakampf, Tierschutz, Anti-Mobbing, Hass im Internet. Alba ist engagiert. Sie ist bei den Umweltheld*innen und schreibt häufig für die *Aftenposten Junior*, war vorher auf der Waldorfschule und spielt Geige. Leidenschaftlich. Sie spricht laut und deutlich. Alba ist in den Sommerferien hergezogen. Jasmin dreht sich zu mir um und wir verdrehen beide die Augen. Ach du Kacke. Fräulein Engagiert.

Harald wirkt schwer beeindruckt, als Alba endlich fertig ist und auf ihren Platz zurückkehrt. Ich sehe, wie sie Leo zulächelt, und was noch schlimmer ist: Er lächelt zurück.

»Was für ein Engagement!«, strahlt Harald. »Wir freuen uns darauf, dich besser kennenzulernen, Alba! Jemanden wie dich kann diese Klasse gut gebrauchen.«

Harald dreht sich zur Tafel und schreibt ein Wort darauf. *Wohlfühlagent*innen*. Ein Murmeln geht durch die Klasse.

»Wie ihr vielleicht noch wisst, hatten wir letztes Jahr ein Pilotprojekt mit Wohlfühlagentinnen und -agenten hier an der Schule. Die Schulleitung hat beschlossen, dass es weitergeführt wird. Das Wort«, Harald zeigt auf die Tafel,»dürfte selbsterklärend sein. Wohlfühlagentinnen und -agenten sollen, wie der Name schon sagt, dafür sorgen, dass sich alle wohlfühlen. Und zwar durch wohlbefindenssteigernde Maßnahmen, wie es so schön heißt. Also zum Beispiel Spiele und Aktivitäten, die den Zusammenhalt und das positive Miteinander fördern. Wir brauchen ein Mädchen und einen Jungen aus unserer siebten Klasse. Die beiden werden dann einen Kurs mit Wohlfühlagenten anderer Schulen mitmachen, der sie auf das Amt vorbereitet. Der Kurs beinhaltet eine Übernachtung, das heißt, die glücklichen Auserwählten haben während dieser Zeit schulfrei.«

Letztes Jahr war Iselin Wohlfühlagentin. Sie hatte eine grüne Weste an, auf der *Wohlfühlagentin* stand, und sah megagut aus. Alle haben gemacht, was sie gesagt hat. Sie hat für jede Menge Spaß und Wohlfühlatmosphäre gesorgt. Leo wird garantiert Wohlfühlagent, denn solche Ämter bekommen normalerweise die beliebten Leute. Aber von den Mädchen? Wäre Victoria noch in der Klasse, wäre die Antwort eindeutig. Leo und Victoria. Aber jetzt, wo sie weg ist? Auf einmal dreht Leo sich zu mir um. Wobei, schaut er wirklich mich an oder nicht doch jemand anders? Ich schaue nach links und rechts, aber als ich mich wieder zu ihm wende, ist sein Blick immer noch auf mich gerichtet. Meint er etwa, *ich* soll Wohlfühlagentin werden? Ein merkwürdiges Ziehen geht durch meinen Bauch. Leo und ich in grünen Westen. Leo und ich zusammen beim Kurs! Mit Übernachtung. Da kann alles Mögliche passieren. Erst als er sich wieder umdreht, merke ich, dass mein Mund offen steht, wie bei einem Fisch auf dem Trockenen.

Das Gemurmel wird lauter, die anderen in der Klasse rutschen auf ihren Stühlen herum. Harald klatscht in die Hände.

»Und jetzt passt auf, ich habe nämlich eine geniale Idee: Im September sind Parlamentswahlen hier in Norwegen, das heißt, da wird eine neue Regierung und damit eine neue Regierungschefin oder ein neuer Regierungschef gewählt. Bis dahin müssen die Politiker Wahlkampf führen, so nennt man das.«

Harald strahlt.

»Und wir werden genau dasselbe tun! Wer für das Amt der Wohlfühlagentin oder des Wohlfühlagenten kandidiert, also zur Wahl antritt, muss ebenfalls Wahlkampf führen. Das heißt, die Wahl der Wohlfühlagentinnen und

-agenten an der Heiabakken-Schule wird ein bisschen so wie die Wahl der Politikerinnen und Politiker, die unser Land regieren.«

König Harald sieht etwas enttäuscht aus, weil die Klasse seine Idee nicht ganz so genial findet wie er selbst. Doch dann meldet sich eine Stimme.

»Wählen wir demokratisch?«

Alba hat die Hand gereckt und nimmt sie, auch nachdem sie ihre Frage gestellt hat, nicht herunter.

»Stimmen wir ab? Meldet man sich einfach als Kandidatin oder als Kandidat? Oder muss man irgendwas machen, um sich aufstellen zu lassen?«

Harald lächelt begeistert. Solche Fragen liebt er.

»Gute Frage und toll, dass du Interesse zeigst, Alba.« Er schaut etwas überrascht auf ihren Arm, der immer noch senkrecht wie ein Ausrufezeichen in der Luft steht. »Wolltest du sonst noch etwas fragen?«

»Ja.« Jetzt nimmt Alba endlich den Arm runter. »Ich bin politisch sehr engagiert.«

Engagiert. Da ist es wieder. Was für eine Streberin.

»Und letztes Jahr an meiner alten Schule, da war ich Vorsitzende des Schülerrats. Das war eine super Gelegenheit, Dinge von Bedeutung zu tun. Ich habe eine Strandreinigungsaktion organisiert, es gab ein Geigenkonzert und wir haben Geld für eine Anti-Mobbing-Kampagne gesammelt.«

»Da hast du ja schon richtig Erfahrung«, sagt Harald. Der beste Lehrer der Welt mit der engagiertesten Schülerin der Welt. Seine Augen strahlen.

»Die Wahl läuft natürlich demokratisch ab«, beantwortet er Albas Frage. »Aber wer für das Amt kandidiert, muss um die Stimmen der Wähler kämpfen, genau wie in der Politik. Jetzt möchte ich euch bitten, dass ihr alle für euch persönlich überlegt, ob ihr Lust habt, Wohlfühlagentin oder Wohlfühlagent zu werden. Und dann müssen sich die Kandidatinnen und Kandidaten, die zur Wahl antreten, dem Rest der Klasse vorstellen und erzählen, welche wohlbefindenssteigernden Maßnahmen sie umsetzen wollen. Gebt euch gern ein bisschen Mühe – es geht darum, für diese Möglichkeit zu *kämpfen*.«

Harald schaut uns der Reihe nach an.

»Ich sag's euch, Leute!« Er schlägt mit einem trockenen Klatschen die Hände zusammen. »Das wird rich-tig gut!«

EIN JOB, DER EINEN BELIEBT MACHEN KANN

Nach der Schule frage ich Jasmin, ob ich mit zu ihr kommen kann. Normalerweise brauche ich das nicht zu fragen, wir laufen einfach zusammen und schon bin ich bei ihr oder sie ist bei mir. Jetzt, wo ich bei Papa wohne, ist das plötzlich anders, weil ich in eine völlig andere Richtung muss als Jasmin.

»Heute passt es ehrlich gesagt nicht so gut«, sagt Jasmin.

»Was machst du denn?«, frage ich.

Jasmin zögert.

»Nichts Besonderes eigentlich, ich bin mit Sonya zum Facetimen verabredet.« Sie sieht mich unsicher an. »Wir haben ja ganz schön viel aufzuholen.«

Drei Tage ohne ihre Cousine und schon haben sie »ganz schön viel aufzuholen«? Mich hat sie wochenlang nicht gesehen, aber da hatte sie anscheinend nicht das Bedürfnis.«

»Aber ihr facetimt doch nicht den ganzen Nachmittag?«

»Nein, bestimmt nicht, aber ich weiß nicht genau, wann sie kann, deshalb will ich lieber nichts anderes ausmachen.«

»Okay«, sage ich enttäuscht.

Zu Hause bei Papa ist es dunkel und still. Auf dem Küchentisch liegt ein Zettel, dass Papa bei einer Besprechung wegen der Erweiterung der Fernstraße 22 ist, als ob mich das interessieren würde. Viel interessanter ist, dass ich heute wieder Pizza essen kann und Papa spät nach Hause kommt. Warum schreibt er mir nicht einfach eine SMS? Papa ist in allem so altmodisch.

Ich gucke Cora & Caitlin, während ich Pizza futtere. Die beiden haben rote T-Shirts an, auf denen in großen Buchstaben *Sisters* steht. Sie lachen und albern rum und umarmen sich und sind die besten Freundinnen der Welt. Ich kann mir nicht vorstellen, dass sie jemals streiten oder sauer aufeinander sind. Jasmin und ich wollen auch Videos hochladen. Ich muss nur noch Mama und Papa von der Idee überzeugen. Die haben ja keine Ahnung, wie viel Geld man damit verdienen kann, sich im Internet zu schminken, dabei habe ich ihnen schon erklärt, dass es mindestens doppelt so viel ist, wie wenn man bei der Gemeinde mit Straßen arbeitet oder in der Forschung ist. Aber ich habe den Eindruck, sie glauben mir nicht. Typisch, dass ausgerechnet ich Eltern habe, die ultralangweiligen Kram machen und meinen, er wäre wahnsinnig wichtig. Irgendwie verstehen sie nicht, dass man auch von coolen Dingen leben kann.

»*Hey, guys*«, sagt Cora und hält einen riesigen Puderpinsel hoch. »*Today we're gonna talk about powder.*«

Ich sitze auf dem Sofa und verfolge, wie sie sich pudern, während ich in mein grünes Buch schreibe:

Warum ich zur Wahl als Wohlfühlagentin antreten sollte:

Harald sagt, die Wohlfühlagentenwahl ist so ähnlich wie die Regierungswahl. Der norwegische Regierungschef ist bestimmt die beliebteste Person in der Regierung und Wohlfühlagentin ist ein Job, der einen ziemlich beliebt machen kann. Iselin ist das beste Beispiel. Ich denke lange nach, dann notiere ich:

— *Wohlfühlagentin = beliebt*
— *Man wird bewundert*
— *Man ist eine Art Anführerin und kann alles Mögliche bestimmen*
— *Man darf in einer grünen Weste rumlaufen*

— *Kurs mit Leo!! Mit Übernachtung!!*
— *Wichtigster Punkt: Vielleicht komme ich so mit Leo zusammen*

Iselin musste letztes Jahr bestimmt nicht um die Macht kämpfen. Sie hat garantiert einfach die Hand gehoben und schon waren sich alle einig, dass sie Wohlfühlagentin wird. Typisch, dass Harald ein Projekt daraus machen muss und wir jetzt Wahlkampf führen sollen und was weiß ich alles.

Plötzlich kommt mir ein Gedanke. Jasmin. Will sie auch kandidieren? Was, wenn ich gegen Jasmin antreten muss, meine beste Freundin, meine Schwester?

Willst du auch zur Wahl antreten?, texte ich ihr. Ich halte mein Handy in der Hand und warte und warte, aber es kommt nichts. Warum antwortet Jasmin nicht?

Ich schaue immer noch Cora & Caitlin, als Papa spät am Abend nach Hause kommt. Er zieht seine Sachen im Flur aus und kommt fröhlich pfeifend ins Wohnzimmer.

»Huch, hallo«, sagt er überrascht, als er mich auf dem Sofa entdeckt.

Als hätte er ganz vergessen, dass ich bei ihm wohne. Warum ist er so rot im Gesicht? Und warum hat er so merkwürdige bunte Klamotten an?

»Bist du gar nicht müde?«, fragt er, ohne mich anzusehen. »Morgen ist doch Schule.«

Ein süßlicher Geruch breitet sich im Wohnzimmer aus. Kommt der von ihm? Hat er Blumen gekauft? Trägt er Damenparfüm?

»Was hast du da eigentlich an?«, erwidere ich und gucke ihm in die Augen.

Papa läuft noch röter an. Sein Kopf hat jetzt fast dieselbe Farbe wie der weinrote Pulli mit den gelben Streifen. Wo hat er den her? Vom Flohmarkt? Er sieht aus wie ein zu groß geratener Fünfjähriger. Und dazu trägt er eine Jeans, die hauteng an den Oberschenkeln ist und unten Schlag hat. War er auf einer Hippie-Party?

»Stimmt was nicht mit meiner Kleidung?«, nuschelt er und erwidert endlich meinen Blick.

»Ähm, ja!«, sage ich laut. »Auf was für einer Besprechung warst du bitte in den Klamotten?«

Papa fährt sich mit der Hand übers Gesicht und sofort tut es mir leid. Aber es ist einfach ungewohnt, ihn so zu sehen, wo er sonst immer so langweilige graue Hemden und Anzughosen trägt.

»Äh, ich hatte eine Besprechung mit ... mit ... mit der Projektgruppe für die Entwicklung von ...«

Er bricht mitten im Satz ab und lächelt.

»Aber das interessiert dich wahrscheinlich nicht, oder?« Ich schüttle den Kopf. Sein Handy piept und er fischt es aus der Tasche, lächelt, als er die Nachricht liest, und braucht eine Ewigkeit, um die Antwort zu tippen.

»Und warum bist du noch wach?«, will er wissen, als er endlich auf *Senden* gedrückt hat, und setzt sich.

Ich erzähle Papa von der Wahl, dass man als Wohlfühlagentin so eine Art Regierungschefin ist und dass ich wahrscheinlich antrete.

»Wohlfühlagentin«, sagt Papa. »Witziges Wort! Ich glaube, du wärst eine tolle Wohlfühlagentin, Inken. Jetzt musst du nur dafür sorgen, dass du gewählt wirst, aber das schaffst du mit links.«

Und dann hält er eine lange Rede über Politik und Macht und darüber, wie er vor ungefähr hundert Jahren in den Gemeinderat gewählt wurde, und was er dort alles erreicht hat.

»Das Parkhaus beim Einkaufszentrum zum Beispiel«, sagt er stolz.

Obwohl Gemeinderatsmitglied etwas völlig anderes ist als Wohlfühlagentin, lasse ich Papa reden. Denn er sieht glücklich aus, wie er da in seinem bunten Pulli von alten Zeiten erzählt. Er strahlt richtig.

Als Papa mit seiner Rede fertig ist, sieht er mich lange an. Er scheint noch etwas sagen zu wollen, aber im Wohnzimmer ist es vollkommen still.

»Ist was?«, frage ich.

Papa zögert.

»Nein, ähm«, murmelt er. »Oder doch, schon. Aber das können wir ein andermal besprechen. Jetzt gehen wir erst mal ins Bett.«

Jasmin hat immer noch nicht auf meine Nachricht geantwortet. Sie muss doch jetzt mal fertig sein mit Facetimen? Bei Papa darf ich nach zehn nicht mehr ans Handy, deshalb kann ich nicht anrufen, aber ich schicke ihr noch eine Nachricht.

Hallo?, schreibe ich nur und zwei Sekunden später erscheinen die drei Pünktchen auf dem Display, die zeigen, dass sie tippt.

Sorry, antwortet Jasmin. *Sonya und ich haben drei Stunden geredet.*

Ich stelle mir vor, wie sie am Handy gelacht und rumgealbert und sich Geheimnisse erzählt haben, und spüre ein Stechen tief unten im Bauch. So lange haben Jasmin und ich schon ewig nicht mehr gefacetimet. Heißt es ab jetzt nur noch Sonya, Sonya, Sonya?

Die Pünktchen bewegen sich weiter.

Sonya meint, ich wäre eine gute Wohlfühlagentin, schreibt Jasmin.

Aber ich bin mir echt unsicher.

Wieder Pünktchen.

Weiß nicht, ob das was für mich ist.

Mir fällt keine Antwort ein. Vielleicht wäre Jasmin eine

bessere Wohlfühlagentin als ich, es ist nämlich schwer, sie nicht zu mögen. Sie ist nett zu absolut allen. Wahrscheinlich sollte ich ihr raten, auch zur Wahl anzutreten, aber dann bekäme ich eine ungewünschte Konkurrentin, deshalb schreibe ich etwas völlig anderes.

Klingt echt stressig.

Finde ich auch, antwortet Jasmin.

Und voll viel Arbeit mit dem Wahlkampf, füge ich hinzu.

Also kandidierst du nicht?, schreibt Jasmin.

Ich schaue auf die Liste in meinem grünen Buch mit den Argumenten, warum ich zur Wahl antreten sollte. Wenn ich will, dass Leo mich bemerkt und ich die neue Victoria werde und genauso cool wie Iselin letztes Jahr, dann bleibt mir nichts anderes übrig.

Weiß noch nicht. Vielleicht, antworte ich Jasmin und sehe mich in Gedanken in einer Weste mit dem Aufdruck *Wohlfühlagentin,* die mir natürlich unfassbar gut steht.

Doch, ich kandidiere.

Jasmin schickt ein Daumenhoch. Was, wenn wirklich Leo und ich die Wahl gewinnen! Leo ist schon beliebt, und wenn ich hart arbeite, könnte ich es werden, ich würde mich gut in einer Weste machen. Denn die Leute wollen doch beliebte Anführer, oder? Das ist eigentlich gar keine Frage, die Leute wollen auf jeden Fall beliebte Anführer. Ich muss nur dafür sorgen, dass ich beliebt werde.

SPIELREGELN

König Harald redet von Macht und Wahlkampf und davon, wie Politikerinnen und Politiker arbeiten, um die Stimmen der Leute zu gewinnen. Die Worte sprudeln nur so aus seinem Mund.

»Man muss die Leute davon überzeugen, dass das, wofür man einsteht, das Beste für sie ist.«

Harald hat eine PowerPoint vorbereitet und mit Musik unterlegt, was nicht die schlauste Idee war, weil er schreien muss, um sie zu übertönen.

»Manche Politiker geben riesige Summen für den Wahlkampf aus«, ruft er und zeigt auf ein Bild von Donald Trump mit orangem Gesicht und roter Cap auf dem Kopf, wie er lächelnd die Daumen reckt. »Ein guter Slogan ist wichtig. Ihr wisst, was ein Slogan ist, oder?«

Eine Reihe von Sätzen blinken auf der digitalen Tafel. *Wir schaffen das. Yes, we can. Wir haben keinen Planet B.*

Make America great again. Geiz ist geil. König Harald muss den ganzen Sommer an seiner fancy Präsentation gearbeitet haben. Als die PowerPoint zu Ende ist, fasst er noch einmal zusammen: »In den nächsten Wochen werden wir uns wie gesagt mit dem Thema Wahlkampf beschäftigen. Und außerdem, in einer großen Gruppenarbeit, mit dem Thema Netikette, also dem höflichen Umgangston im Internet.«

Er klingt, als würde er verkünden, dass zukünftig jeden Tag Weihnachten, Geburtstag und Halloween auf einmal ist.

»In einer Demokratie ist es wichtig, dass man sich an die Spielregeln hält und andere respektiert, egal, ob man ihre Einstellung teilt oder nicht. In Norwegen und vielen anderen Ländern herrscht Meinungsfreiheit, das bedeutet aber nicht, dass man sagen darf, was man will, wenn es andere Menschen verletzt oder ihnen schadet. Online kommt es noch schneller zu Missverständnissen und es ist einfacher, andere zu beleidigen, weil man im Internet leichter unerkannt bleibt. Mit all diesen Punkten werden wir im Zusammenhang mit dem Wahlkampf arbeiten.«

Harald zeigt eine Übersicht, wer mit wem in einer Gruppe ist. Ich suche aufgeregt nach meinem Namen und finde ihn mit zwei weiteren unter Gruppe acht. Ich bin mit Leo in einer Gruppe! Aber unter Leo steht Alba und die ist schon aufgestanden und zieht ihren Stuhl zu Leo, während sie wie eine Gruppenleiterin mit den Armen fuchtelt und organisiert. Ich setze mich auf die andere Seite neben Leo. Er lächelt mich an. Dasselbe Lächeln wie auf der Badeplattform.

»Du kannst das Protokoll schreiben«, beauftragt Alba Leo und dann führt sie aus, wie wichtig es ist, sich korrekt zu verhalten, sowohl im wirklichen Leben als auch in den sozialen Medien, und sagt Dinge wie: »Wenn du nichts Nettes zu sagen hast, sag lieber gar nichts.«

Weder Leo noch ich kommen zu Wort. Offenbar hält Alba sich für die geborene Anführerin. Garantiert denkt sie auch, dass sie als Wohlfühlagentin jede Menge beitragen kann, dabei geht sie seit gerade mal fünf Minuten in diese Klasse. Ich schiele zu Leo, um zu sehen, ob er genauso genervt ist wie ich, aber er hört Alba aufmerksam und anscheinend beeindruckt zu.

In der Pause erstatte ich Jasmin sofort Bericht.

»Klingt übel«, meint sie mit einem Blick zu Alba.

Die steht umringt von einem Grüppchen und redet wild mit den Armen fuchtelnd auf die anderen ein. Aus einer viel zu langen rosa-lila Strickjacke ragen zwei Bohnenstangen von Beinen in einer altmodischen Jeans, dazu trägt sie braune Omaschuhe.

»Diese Alba hat ja wohl mal null Klamottengeschmack«, sage ich und merke, dass es guttut, sie zu kritisieren, auch wenn Harald uns aufgefordert hat, Alba bei uns willkommen zu heißen, und man allgemein immer nett zu Neuen sein soll.

»In Sachen Aussehen ist sie wohl nicht so *engagiert*«, sagt Jasmin, »das ist ihr nämlich viel zu oberflächlich.«

Wir verdrehen beide die Augen.

»Die wird bestimmt mal Politikerin oder so«, ergänzt Jasmin. »Regierungschefin oder was weiß ich.«

»Oder Wohlfühlagentin«, sage ich und muss schlucken.

Denn genau in dem Moment läuft Leo an uns vorbei, wirft mir einen Blick zu und lächelt. Aber dann bleibt er bei Alba stehen und fängt ein Gespräch mit ihr an. Jasmin und ich nähern uns und hören Alba laut von der Arbeit des Schülerrats an ihrer vorherigen Schule erzählen und von irgendwas, das sie in einem Buch gelesen hat.

»Was ist los?«, unterbreche ich sie.

Alba dreht sich zu mir um und schaut mich direkt an. Sie hat braune Augen.

»Nichts, ich hab nur beschlossen, dass ich als Wohlfühlagentin kandidiere.«

In meinen Ohren klingt sie viel zu selbstsicher.

»Und wie willst du die Wahl gewinnen?«, frage ich spitz. Viel spitzer als nötig, aber ich kann nicht riskieren, dass Leo anfängt, Alba zu mögen.

»Eigentlich habe ich einfach vor, ich selbst zu sein«, antwortet Alba.

»Du selbst zu sein?«, wiederhole ich. »Du meinst, du tust gar nichts Besonderes und baust darauf, dass es reicht, *du selbst zu sein?*«

Alba nickt.

»Na dann viel Glück«, erwidere ich und ziehe Jasmin weg.

»Musste das sein?«, fragt Jasmin.

Ich starre sie an, als würde ich nicht verstehen, was sie meint. Dabei weiß ich auch nicht, was da gerade in mich gefahren ist, es ist mir einfach rausgerutscht. Aber das will ich Jasmin gegenüber nicht zugeben.

»Die können wir jedenfalls nicht als Wohlfühlagentin gebrauchen«, entgegne ich hart. »Sonst dürfen wir alle am Strand Müll sammeln und ihr beim Geigespielen zuhören. Glaubst du ernsthaft, Alba kann für Wohlfühlatmosphäre sorgen? Hallo, hast du vergessen, wer letztes Jahr Wohlfühlagentin war?«

»Ich denke nur daran, was Harald gesagt hat«, meint Jasmin, »dass man fair zu allen Wahlkandidaten sein soll, auch wenn man anderer Meinung ist als sie. Und vor allem zu jemandem, der neu ist.«

»Jaja«, antworte ich, mehr fällt mir nicht ein. Denn Jasmin hat natürlich recht. Man darf nicht fies zu anderen sein, schon gar nicht, wenn sie neu sind. Aber wenn Alba die Wahl gewinnt, wird *sie* beliebt und macht mit Leo den Kurs. Und das darf auf keinen Fall passieren!

»Ich hab mich übrigens auch entschieden«, sagt Jasmin, »also glaube ich jedenfalls. Ich werde nicht zur Wahl antreten.«

»Sicher?«, frage ich erleichtert. Es wäre echt blöd gewesen, gegen Jasmin anzutreten, wo sie doch meine beste Freundin und wie eine Schwester für mich ist.

»Ziemlich. Sonya meinte auch, dass es wahrscheinlich stressig wird.« Jasmin schaut mich unsicher an. Für einen Moment denke ich, sie entscheidet sich noch mal um, doch dann sagt sie: »Ich stimme lieber für dich. Aber wenn du gewählt werden willst, musst du dich fair verhalten.«

Ich sehe Alba zum Schulgebäude gehen, obwohl es noch eine ganze Weile bis zum Klingeln ist. Als könnte sie nicht schnell genug zurück in die Klasse kommen, um mehr zu lernen und sich zu engagieren.

»Okay«, antworte ich Jasmin. »Ich halte mich an die Spielregeln. Ich werde total fair sein.«

»Das will ich dir auch geraten haben. Sonst wähle ich Alba«, droht Jasmin, aber ich sehe, dass sie lächelt.

WIE MAN MACHT ERLANGT

Alba will einfach sie selbst sein, aber ich habe andere Pläne. Wie viele der Menschen, die es auf der Welt wirklich zu etwas gebracht haben, waren einfach sie selbst? Ich gucke Cora & Caitlin, während ich darüber nachdenke. König Harald will Politiker, die Wahlkampf führen. Er will, dass man um das Amt des Wohlfühlagenten kämpft, das heißt ja wohl, es reicht nicht, einfach »man selbst zu sein«, oder?

Ich pausiere Cora mitten beim Wimperntuscheauftragen. *Wie gewinnt man eine Wahl?*, google ich und überfliege die ersten Zeilen eines langen und ultralangweiligen Textes. *Wie an die Macht?*, schreibe ich ins Suchfeld. Ich bekomme lauter Bilder von Männern angezeigt, die im Laufe der Geschichte bestimmt mal mächtig und sehr wichtig waren. Nicht *eine* Frau ist dabei. *Ein Anführer braucht Macht, um erfolgreich zu sein*, schreibt einer.

Und dann gibt er eine Menge Tipps, wie man Macht erlangt. Ich notiere mehrere davon in meinem grünen Buch:

— *Andere mit Respekt behandeln*
— *Das Beste für alle wollen*
— *Hart arbeiten, um die Ziele, die man sich gesetzt hat, zu erreichen*

Aber das reicht natürlich nicht. Mich interessiert eher, was nötig ist, um genau diese Wahl zu gewinnen.

Wie gewinnt Inger Karin Berg, aka Inken, den Wahlkampf an der Heiabakken-Schule?

— *Slogan finden (vielleicht auf Englisch?)*
— *Eine eigene Gruppe erstellen, in der ich Beiträge und Bilder und so posten kann*
— *T-Shirts, Caps oder Ähnliches mit Slogan drucken lassen (Problem: bestimmt voll teuer!)*
— *Die ganze Zeit extrem nett zu allen sein (anstrengend, aber muss sein)*
— *An mich selbst glauben! (Megawichtig!!)*
— *Mich nicht immer zur Idiotin machen, sobald Leo in der Nähe ist (wenn wir zusammen Wohlfühlagenten sein wollen, muss ich mich zusammenreißen!!)*

Auf einmal steht Papa in der Tür.

»Sitzt du an den Hausaufgaben?«, fragt er und klingt wie ein Vater aus einem früheren Jahrhundert. »Ich würde gerne etwas mit dir bereden, aber das hat Zeit, bis die Aufgaben erledigt sind.«

Ich schaue Papa an. Oh mein Gott, er ist wirklich aus einem früheren Jahrhundert. Warum benutzt er solche Ausdrücke? *Bereden* und *Aufgaben erledigen*. Ich erkläre, dass ich nicht mit Hausaufgaben beschäftigt bin, sondern mit wichtigen Wahlkampfvorbereitungen.

»Wenn ich zur Wahl antreten will, muss ich mir Wohlfühlmaßnahmen überlegen.«

Papa setzt sich auf mein Bett und dann schlägt er tausend Dinge vor, die bestimmt funktionieren, wenn man erwachsen ist und bei der Gemeinde mit Straßen arbeitet.

»Bist du beliebt, Papa? Auf der Arbeit?«

»Beliebt?«, wiederholt er und schaut sich in meinem Zimmer um, als würde die Antwort irgendwo hinter meinem Schreibtisch liegen.

»Doch, ja, ich denke schon.«

»Ernsthaft? Du bist echt beliebt bei deinen Kollegen in der Gemeinde?«

»Ich werde von den anderen geschätzt, ja. Aber warum liegt dir so viel daran, beliebt zu sein? Ist es nicht wichtiger, nett und respektvoll zu sein und daran mitzuwirken, dass sich alle Schüler wohlfühlen?«

»Doch, klar«, antworte ich, »darum geht es ja schließlich bei dem Job. Aber das ist logischerweise leichter, wenn man sowieso schon beliebt ist, das verstehst du schon, oder?«

Es macht nicht den Eindruck, als ob Papa das versteht. Er war zu Schulzeiten wahrscheinlich nicht so sehr beliebt.

»Es ist enorm wichtig, beliebt zu sein, wenn man zwölfeinhalb ist. Oder fünfundfünfzig«, ziehe ich ihn auf. »Du bist auch gern beliebt, gib's zu!«

»Geschätzt«, verbessert mich Papa. »Man muss sich so verhalten, dass man geschätzt wird.«

Geschätzt, noch so ein Papa-Wort. Sein Handy piept und er lächelt und kichert wieder und braucht endlos zum Antworten.

»Was wolltest du eigentlich mit mir *bereden*?«, frage ich, während Papa auf seinem Handy herumtippt. Das dürfte gerade das erste Mal in meinem Leben gewesen sein, dass ich das Wort »bereden« benutzt habe. Papa schaut mich an und zuckt zusammen, als das Handy in seiner Hand klingelt.

»Mach erst mal deine Hausaufgaben fertig«, sagt er und geht aus dem Zimmer. Ich höre, wie er im Flur den Anruf annimmt und mit sanfter Stimme spricht, wie zu einem Kind.

NEUIGKEITEN
GROßE NEUIGKEITEN

»Du, Inken«, sagt Papa, nachdem er eine Ewigkeit telefoniert hat. »Ich würde, wie schon gesagt, gern eine Angelegenheit mit dir bereden. Eigentlich wollte ich noch ein bisschen warten, bis ich dich darüber in Kenntnis setze, aber da du nun für einen gewissen Zeitraum fest hier wohnst, halte ich es für besser, wenn du informiert bist.«

Manchmal klingt Papa, als würde er mit der Regierungschefin sprechen und nicht mit seiner zwölfeinhalbjährigen Tochter.

»Also, Inken«, fährt er mit ernster Stimme fort, faltet die Hände wie zum Gebet und blickt zur Decke.

Ich muss kichern.

»Die Sache ist die, dass ... ähm ... also ...«

Papa schaut auf den Boden. Rote Flecken erscheinen

auf seinem Gesicht, als würde jemand seine Wangen von innen mit rotem Filzstift anmalen.

»Ich habe jemanden ... kennengelernt.«

Er sieht mich an.

»Eine Frau.«

Hundert Gedanken schießen mir durch den Kopf.

»Sie heißt May.«

»Mai?«, frage ich nach mehreren langen Sekunden.

»Wie der Monat Mai?«

Papa lächelt vorsichtig.

»Ja. Aber mit y. May. Es gibt beide Varianten, mit i und mit y, aber hier in Norwegen ist y bei Eigennamen üblicher.«

Typisch Papa, sich an belanglosen Dingen aufzuhängen, wenn er versucht, etwas sehr viel Wichtigeres zu erzählen, als wie man einen Namen schreibt.

»Wo hast du sie kennengelernt?«, will ich wissen.

Er windet sich.

»Ähm, über so eine App«, murmelt er.

»Äpp«, korrigiere ich ihn.

Es klingt so bescheuert, wenn Erwachsene App mit A sagen.

»Ja, eine Äpp. Erst hatten wir darüber eine Weile Kontakt. Und dann haben wir uns getroffen. Und jetzt hat sie einen neuen Job hier in der Nähe bekommen und ist hergezogen.«

»Also ist sie jetzt deine Freundin?«

Irgendwie passt das Wort *Freundin* nicht mit dem Wort *Papa* zusammen.

»Ja«, lächelt er, »so könnte man sagen.«

Heißt das, Papa küsst und umarmt eine Frau, eine andere erwachsene Person? Ich denke daran, wie Leo mal erzählt hat, dass seine Mutter einen neuen Freund hatte und er sich total danebenbenahm, um den Typen wieder loszuwerden. Er wollte keinen neuen Vater, weil er ja schon einen hatte. Ich will auch keine neue Mutter, aber ich hab nichts gegen eine Freundin-von-Papa-Person. Weil Papa richtig glücklich aussieht. Er leuchtet förmlich.

»Wann lerne ich sie kennen?«, frage ich. »May mit y?«

»Bald«, sagt er, »aber sie muss es erst zu Hause erzählen.« Papa macht ein geheimnisvolles Gesicht. »May hat auch eine Tochter.«

Ich stehe auf. Keine Ahnung, warum, aber plötzlich stehe ich.

»Heißt das, ich kriege vielleicht eine ...«

»Mays Tochter weiß noch nichts davon«, fällt mir Papa ins Wort. »Eins nach dem anderen.«

Eine Schwester! Ich kriege vielleicht auch eine Art Schwester! Jasmin hat Sonya. Und ich vielleicht bald ...

»Wie heißt sie?«

Papa legt die Stirn in Falten.

»Das müsste ich eigentlich wissen ... herrje, das ist

jetzt aber peinlich. Mein Namensgedächtnis ist wirklich miserabel. Irgendwas mit A, ein ungewöhnlicher Name, recht altmodisch. Mensch, wie hieß sie denn noch?« Ich weiß nicht, wie oft Papa Jasmin schon Jasmina oder Jeanine oder sogar Jeanette genannt hat. Und hätte ich ihn gefragt, wie mein Lehrer heißt, hätte er bestimmt Harry oder Håkon vorgeschlagen.

»Ziehen sie hier ein?«

Papa sieht mich erstaunt an.

»Ob sie hier einziehen?«

»Ja. Macht man das nicht so?« Ich denke an andere in meinem Alter, von denen ich weiß, dass die Eltern geschieden sind und neue Partner haben. Normalerweise dauert es nicht lange, bis Erwachsene beieinander einziehen. Ein paar Wochen oder Monate vielleicht.

»Nein, nein, deswegen mach dir mal keine Sorgen, Inken. Wir haben nicht vor, zusammenzuziehen. Wir sind erwachsene Menschen, es gibt keinen Grund, die Dinge zu übereilen.«

»Aber vielleicht irgendwann?«

Ich sehe Jasmin und Sonya vor mir, Cora & Caitlin in roten T-Shirts mit dem Aufdruck *Sisters* auf der Brust, mich und Wie-auch-immer-sie-heißt, wie wir uns ein Zimmer teilen und bis spät in die Nacht im Bett miteinander tuscheln.

Papa legt den Kopf schräg.

»Was hatte ich für einen Bammel, dir von May zu erzählen, aber da hab ich mir ja völlig unnötig Gedanken gemacht. Ich bin so froh, dass du es positiv aufnimmst. Du bist großartig, Inken.«

Er streicht mir über die Haare.

»Und du wirst eine großartige Wohlfühlassistentin.«

»Wohlfühlagentin«, verbessere ich ihn und schiele auf die Liste im grünen Buch.

»Du, Papa«, sage ich honigsüß, denn jetzt, wo er so froh und erleichtert ist, weil er seiner großartigen Tochter die Wahrheit gesagt hat, ist der Moment günstig.

»Ich bräuchte ein bisschen Geld.«

Papa hebt überrascht die Brauen.

»Für den Wahlkampf«, ergänze ich.

Ich habe einen Shop im Internet gefunden, der die T-Shirts schnell liefern kann. Und mir ist ein perfekter Slogan eingefallen. Auf Englisch! Er ist vom Fußball, das wird den Jungs aus der Klasse gefallen. Vor allem Leo, es ist nämlich der Slogan des englischen Teams, von dem er Fan ist. Die Bestellung ist so gut wie fertig. Ich muss nur noch den Text einfügen, der auf den T-Shirts stehen soll, und bezahlen.

»Wie viel brauchst du?«, fragt Papa.

»Tausend Kronen«, antworte ich schnell.

»Dann möchte ich aber wissen, wofür du die brauchst. Das ist viel Geld!«

Ich erzähle Papa von meinem Plan und von dem neuen Mädchen in der Klasse, das auch zur Wahl antritt und einfach nur es selbst sein will.

Papa guckt mich verständnislos an.

»Reicht es nicht, man selbst zu sein?«

»Nein«, sage ich laut. »Nein, das reicht nicht. Wer gewinnt denn bitte eine Wahl, indem er einfach nur er selbst ist?«

Papa kann mir nicht einen Namen nennen. Vielleicht versteht er jetzt, dass es nicht damit getan ist, bloß man selbst zu sein, wenn man wirklich etwas erreichen und jemand Wichtiges werden will, zum Beispiel eine Wohlfühlagentin.

»Die Sache bedeutet dir viel«, sagt er.

»Ja, tut sie«, antworte ich und tippe den Text für die T-Shirts ein, während Papa seine Kreditkarte holt. Kaum hat er die Bezahlinformationen eingegeben, klicke ich auf *Bestellung abschicken*.

Wir sitzen noch lange zusammen und reden über May, ihre Tochter und alles, was sich in naher Zukunft ergeben könnte. Bevor wir ins Bett gehen, putzen wir uns gemeinsam im Bad die Zähne, kichern und spucken den Schaum ins Waschbecken wie sechsjährige Freundinnen, die zum ersten Mal beieinander übernachten. Papa hat überall Zahnpasta hängen und sieht glücklich aus.

»Jetzt weiß ich's wieder!«, sagt er plötzlich und hält die Zahnbürste in die Höhe, als hätte er eine große Entdeckung gemacht.

»Albertine!«

Dann spuckt er ins Waschbecken und schaut mich an.

»Ich bin mir ziemlich sicher, dass sie Albertine heißt!«

STIEFSCHWESTER UND BESTE FREUNDIN?

Albertine, meine Schwester. Meine Stiefschwester Albertine. Die Schwestern Inken und Albertine. Wenn ich an etwas Schönes denken möchte, denke ich an Albertine. Male mir aus, was diese Albertine und ich uns gemeinsam alles einfallen lassen, was wir füreinander bedeuten.

»Also du kriegst jetzt plötzlich eine Schwester, oder wie?«, fragt Jasmin, während wir in schnellem Tempo bergauf zur Schule laufen.

Sie klingt nicht gerade begeistert. Nachdem sie in den letzten Tagen pausenlos von Sonya geredet hat, könnte sie sich ruhig ein bisschen für mich freuen, wenn in meinem Leben auch mal etwas passiert. Ich habe ihr von Papa und May erzählt und von seinen seltsamen Klamotten und dass er auf einmal von interessanteren Dingen redet als vom Straßenbau und der Frage, was ich auf mein Pausenbrot möchte. Und dass demnächst ein Mädchen namens Albertine auftauchen wird. Das voll cool ist, behaupte ich, auch wenn ich streng genommen keine Ahnung habe, wie sie ist.

»Albertine«, wiederholt Jasmin skeptisch. »Wie alt ist die denn bitte?«

»Warum?«

»Na ja, klingt ein bisschen wie Inger Karin. Etwas altmodisch halt. Inger Karin und Albertine.«

»Ich glaube, sie ist etwa so alt wie wir. Oder vielleicht ein bisschen älter.«

Warum sage ich das? Nur weil Jasmin so viel mit Sonya geprahlt hat, die zwei Jahre älter ist als wir?

»Okay«, sagt Jasmin nur.

Sie platzt gleich vor Neid, das sehe ich. Jetzt merkt sie mal, wie das ist, wenn plötzlich eine »Schwester« ins Leben der besten Freundin tritt.

»Irgendwie ist es weird, wenn alte Leute Liebespaare werden«, meint Jasmin dann. »Es ist einfach ungewohnt, wenn Eltern Dating-Apps benutzen und so.« Sie überlegt einen Moment, dann fügt sie hinzu: »Glaubst du, die knutschen auch rum? Und, du weißt schon: *Pünktchen, Pünktchen, Pünktchen.*«

Genau in dem Moment rettet mich ein »Hi« davor, die Frage nach Papas Liebesleben zu beantworten. Woher soll ich wissen, ob sie in dem Alter noch knutschen und

Pünktchen, Pünktchen, Pünktchen, und ich will auch möglichst nicht darüber nachdenken.

»Hi, Inken.«

Die Stimme kommt vom Schulhof der Weiterführenden. Ich drehe mich um und da ist Iselin. Sie kommt geradewegs auf uns zu und ich stehe da wie angewurzelt, denn jetzt habe ich die Bestätigung. Iselin weiß, dass ich existiere. Iselin weiß, wie ich heiße! Woher weiß sie das?

»Wie läuft's?«, fragt sie und schwingt ihre Tasche von der einen Schulter auf die andere, genau wie im Cora & Caitlin-Video. Sie klingt, als würde sie mit jemandem sprechen, den sie gut kennt, mit einer Freundin.

»Äääh«, antworte ich und schaue zu Jasmin, der es anscheinend komplett die Sprache verschlagen hat. Von der Seite ist also keine Hilfe zu erwarten.

»Äääh, gut«, sage ich.

Iselin lächelt.

»Nice«, sagt sie und dann schweigen wir. Für gefühlte hundert Stunden herrscht absolute Stille. Mir fällt nicht eine einzige Sache ein, über die ich mit Iselin reden könnte, dabei hätte ich tausend Fragen, die ich ihr gern stellen würde. Und dann rutscht mir die dämlichste aller Fragen heraus: »Hat es Spaß gemacht, Wohlfühlagentin zu sein?«

Oh mein Gott, warum habe ich das getan? Iselin hat bestimmt längst vergessen, wie es bei uns an der Schule war. Vielleicht findet sie das mit den Wohlfühlagenten total kindisch.

»Ja«, sagt sie da. »Ich war gern Wohlfühlagentin.« Iselin lächelt mit ihren weißen, perfekten Zähnen. Und dann erzählt sie, was sie als Amtsinhaberin alles gemacht hat, von dem Kurs, der echt mega war, und dass es schön ist, Verantwortung zu tragen und jeden Tag für Feelgood-Stimmung zu sorgen.

Feelgood-Stimmung?

»Du solltest Wohlfühlagentin werden«, meint Iselin und lächelt mich an. »Du wärst die Richtige dafür.«

In dem Moment kommt Leo auf dem Fahrrad vorbei. Er schaut mich überrascht an. Vielleicht kann er nicht fassen, dass jemand wie Iselin mit jemandem wie mir spricht? Ich atme tief ein. Diesen Moment muss ich mir einprägen für später, wenn ich an etwas Schönes denken will. Denn er ist perfekt. Iselin kehrt zum Schulgebäude zurück, Leo schaut mich an und ausnahmsweise einmal bringe ich ein Lächeln zustande.

WER TRITT ZUR WAHL AN?

»Die meisten von euch haben bestimmt mitbekommen, wer für das Amt der Regierungschefin oder des Regierungschefs von Norwegen kandidiert«, sagt Harald an einem Dienstag. »Aber wer kandidiert für das Amt der Wohlfühlagentin und des Wohlfühlagenten an der Heiabakken-Schule?«

Sofort heben etliche der Jungs die Hand, darunter Leo. Und eine gewisse Person. War ja klar. Albas Arm steht pfeilgerade in der Luft. Harald notiert die Namen auf der Tafel. Typisch, dass so viele Jungs glauben, sie wären perfekt für den Job des Wohlfühlagenten, sich aber nur ein Mädchen meldet. Moment mal. *Ein* Mädchen? Ich recke die Hand. Harald schreibt meinen Namen unter den von Alba. Auf einmal habe ich das Gefühl, noch nie in meinem Leben etwas derart Mutiges getan zu haben. Harald hat die ganze Sache zu einem Wettkampf gemacht, und wenn bei der Wahl nur zwei gegeneinander antreten, ist es noch viel schlimmer, zu verlieren.

»Möchte sonst wirklich niemand von den Mädchen kandidieren?«, fragt Harald enttäuscht.

Jasmin dreht sich zu mir um. Ist sie immer noch unsicher, ob sie nicht vielleicht doch antreten soll? Sie hatte doch gesagt, dass sie nicht will. Bitte, überleg es dir jetzt nicht anders!

»Jasmin?«, fragt Harald hoffnungsvoll. »Wie sieht's bei dir aus?«

»Äh«, sagt Jasmin. »Äh, ich weiß nicht.«

»Na komm«, sagt Harald. »Trau dich!«

Ein paar Sekunden lang ist es still.

»Nein, ich hab eigentlich nicht so Lust.«

Ich atme erleichtert aus. Jetzt muss ich nur Alba besiegen. Das wird leicht, egal, wie viel Erfahrung sie durch Schülerrat und Umweltheld*innen und Politik hat. Alba wird nie zu den beliebten Mädchen gehören. Sie ist das Gegenteil von Iselin und Victoria.

»Jetzt gilt es, die anderen davon zu überzeugen, dass ausgerechnet IHR die Richtigen für diese große und wichtige Aufgabe seid«, sagt Harald und beginnt mit einem längeren Vortrag über politische Einflussnahme und Propaganda und andere komplizierte Wörter, bei denen ich mir nicht ganz sicher bin, ob ich sie verstehe.

Alba schaut mich mit schmalen Augen an. Keine Ahnung,

was das bedeuten soll, aber direkt danach schaut Leo mich an und lächelt, und obwohl ich auch hier nicht weiß, was es bedeutet, spüre ich das schon vertraute Ziehen im Bauch.

Diesmal fragt Jasmin, ob ich nach der Schule mit zu ihr komme.

»Kann ich machen, falls du nicht mit deiner neuen Schwester facetimst«, ziehe ich sie auf.

Jasmin schüttelt den Kopf. »Heute nicht«, sagt sie, fügt aber hinzu, dass sie bis jetzt jeden Tag stundenlang geredet haben. Merkwürdig, dass der Empfang in der Türkei auf einmal so viel besser ist als im Sommer, als Jasmin dort war, denke ich wieder, sage aber nichts. Lieber erzähle ich ein bisschen von Albertine, einfach, damit es nicht die ganze Zeit um Sonya geht.

Zu Hause bei Jasmin ist es komplett anders als bei Papa. Bei ihm gibt es ein Kind und einen Erwachsenen. Hier gibt es vier Kinder und zwei Erwachsene. Plus mich. Jasmins Brüder spielen FIFA auf voller Lautstärke.

»Jasmin hat erzählt, deine Mutter ist auf einer Insel, um Familien zu erforschen?«, fragt mich Jasmins Vater und fordert die Jungs auf, etwas leiser zu sein. »Dafür bräuchte sie nicht auf eine einsame Insel fahren, sie könnte auch einfach hierherkommen!«

Er lacht, dass sein Bauch wackelt.

»Außerdem hat Jasmin gesagt, bei deinem Vater gibt es Neuigkeiten?«

Er zwinkert mir zu. Ich berichte von May und Albertine und dass ich sie noch nicht kennengelernt habe, aber schon sehr gespannt bin.

»Nur ein Kind und ein Erwachsener, das ist ja ein bisschen langweilig«, ergänze ich. »Deshalb wäre es schön, eine ... na ja, eine Schwester zu bekommen.« Meine Wangen werden heiß.

»Jasmin wünscht sich immer schon eine Schwester, aber hier ist alles voller Rabauken. Dafür hat sie jetzt ja Sonya. Die zwei waren pausenlos zusammen. Unzertrennlich. Wie Schwestern, stimmt's, Jasmin?«

Jasmin nickt und wirft mir einen Blick zu. Oh Mann, da reden wir beide von unseren Schwestern, als wäre es ein Wettkampf.

Wir sitzen auf Jasmins Bett und reden und scrollen auf unseren Handys. Jemand hat Alba zur Klassengruppe hinzugefügt. Auf ihrem Profilbild lächelt sie selbstsicher. Sie sieht irgendjemandem ähnlich. Einem Promi? Ich studiere das Foto lange, komme aber nicht darauf, wem sie ähnelt. Alba hat einen Kommentar geschrieben, dass sie die Klasse toll findet und sooo froh ist, dass fast alle so nett zu ihr sind, obwohl sie neu ist. *Hoffentlich stimmen viele für mich*, fügt sie hinzu.

»Was meint Alba mit *fast alle*?«, frage ich Jasmin und halte ihr mein Handy hin. »Und ist es nicht ein bisschen seltsam, die Klassengruppe zu benutzen, um Stimmen zu gewinnen?«

Ich sollte einfach auf mich vertrauen, trotzdem bin ich auf einmal beunruhigt. Ich rufe mir in Erinnerung, wie ich diesen Kampf gewinnen werde – im Gegensatz zu Alba, die nur sie selbst sein wird, habe ich nämlich einen Plan.

»Hallo, als ob irgendwer für Alba stimmt«, meint Jasmin. »Hand heben, wer Lust hat, den Strand zu reinigen. *Never ever.*«

Ich lache. Aber mir geht nicht aus dem Kopf, was Harald am Ende der Stunde noch gesagt hat: *Inken oder Alba, wer wird es?*

EIN KIND UND EIN ERWACHSENER

Ich schließe die Haustür auf und stehe einen Moment im dunklen Flur, ehe ich das Licht einschalte. Es ist vollkommen still. Papa trifft sich heute Abend mit May. Bestimmt liegt ein Zettel auf dem Küchentisch. Ein Kind und ein Erwachsener. Bei mir zu Hause waren wir schon immer nur ein Kind und ein Erwachsener. Auch wenn ich zwei Elternteile habe, wohnen sie schon so lange nicht mehr zusammen, dass ich mich nicht an die Zeit davor erinnern kann. Ich bin schon immer das Kind, das zwischen Mamas Wohnung und Papas Reihenhaus pendelt. Normalerweise denke ich kaum darüber nach. Aber jetzt schon. Ich hole mein grünes Buch und halte es eine Weile aufgeschlagen auf dem Schoß, bevor ich zu schreiben beginne. Die meisten Leute finden, dass ein Kind und ein Erwachsener zu wenig sind. Die meisten Familien sind größer.

Vorteile einer großen Familie:

- *Nicht so still und langweilig*
- *Man hat immer jemand zum Reden (vor allem, wenn man eine etwa gleichaltrige Schwester hat)*
- *Man kann Sachen und Klamotten voneinander leihen (wenn man eine Schwester hat)*
- *Man kann Filme und Serien zusammen gucken (und Cora & Caitlin)*

Ich sitze im Schneidersitz auf dem Sofa und starre ins schummrige Wohnzimmer. Papas Reihenhaus hat nur zwei Schlafzimmer, trotzdem wäre noch Platz für weitere Bewohner. Eine Schwester zum Beispiel. Ich halte das Wort in mir fest wie ein Bonbon, das ich nicht auflutschen will. Ich gehe in mein Zimmer und sehe mich um. Mein Kleiderschrank mit den zwei Türen. Das Schlafsofa am Fenster. Hier wäre auf jeden Fall Platz für noch jemanden.

Ich sitze wieder im Wohnzimmer, als Papa die Haustür aufschließt. Er summt im Flur, dann kommt er herein und nimmt mich fest in den Arm. Das süßliche Parfüm kitzelt in meiner Nase.

»Und, bist du jetzt Wohlfühlassistentin?«

Ich schaue ihn an.

»Wie oft muss ich dir denn noch erklären, dass das nicht so heißt?«, ziehe ich ihn auf und Papa runzelt die Stirn. »Wohlfühlagentin, nicht -assistentin. Und nein, bin ich noch nicht. Harald will, dass wir vorher Wahlkampf führen. Aber ich hab jedenfalls gesagt, dass ich antrete.«
»Ah«, sagt Papa. »Übrigens kam heute eine Benachrichtigung von der Post. Du hattest doch neulich etwas bestellt.«

Ich richte mich jäh auf. Sobald ich die Sachen habe, kann der Wahlkampf losgehen. Soll Alba derweil mal schön sie selbst sein.

»Ich kann das Paket morgen für dich abholen«, sagt Papa und dann erzählt er, was er und May alles unternommen haben. Anscheinend eine ganze Menge.

»Kannst du dir deinen alten Vater beim Yoga vorstellen?«, fragt er belustigt und macht merkwürdige Bewegungen, die nach allem Möglichen aussehen, nur nicht nach Yoga.

»Weißt du was, Papa?« Ich lächle ihn an. »Verliebt mag ich dich lieber.«

Er lacht schallend.

»Das meine ich ernst«, sage ich. »Jetzt redest du von interessanten Dingen, nicht nur vom Straßenbauen und was ich aufs Pausenbrot möchte.«

Wir schauen uns an, Papa lächelt warm.

»Ich mag Leo.« Das rutscht mir einfach raus und ich

merke, wie ich einen heißen Kopf kriege. Ich hätte nie gedacht, dass ich mal mit Papa über Jungs spreche.

Er guckt überrascht. Hält er mich immer noch für ein kleines Baby, das sich nicht verliebt?

»Und warum magst du Leo?«

»Er ist der beliebteste Junge in der Klasse«, erkläre ich.

»Und darum geht es? Nicht darum, dass er lustig und nett und schlau ist?«

Ich stöhne.

»Doch, schon, aber ...«

»Mag Leo dich auch? Mehr als alle anderen?«

Leo wird mich bestimmt mehr mögen, wenn ich Wohlfühlagentin werde und beliebter als jetzt, ich habe nämlich das Gefühl, er mag beliebte Mädchen. Aber das erwähne ich Papa gegenüber nicht, weil er das mit dem Beliebtsein nicht ganz zu checken scheint. Da kommt er nur wieder mit seiner Leier von wegen »geschätzt«.

»Glaub schon«, antworte ich nur.

Ich schaue Papa an.

»Habt ihr eigentlich noch mal übers Zusammenziehen gesprochen?«, frage ich ganz nebenbei, als wäre mir das eben eingefallen und nichts, worüber ich den ganzen Abend nachgedacht habe.

»Wirklich, Inken«, sagt Papa, »deshalb brauchst du dir überhaupt keine Sorgen zu machen. Wie schon gesagt, wir wollen nichts *überstürzen*.«

»Aber ganz ausgeschlossen ist es auch nicht?«, hake ich nach, plötzlich enttäuscht. Wo die Möglichkeit, eine Schwester zu bekommen, schon zum Greifen nah ist.

»Fändest du das denn ... gut?«, fragt Papa vorsichtig.

Ich nicke.

»Stell dir mal vor, Papa, du müsstest plötzlich auf zwei Mädchen aufpassen.«

Papa rollt die Augen.

»Daran wage ich nicht mal zu denken«, sagt er. »Und wir haben ja auch gar keinen Platz. Ihr müsstet euch ein Zimmer teilen.«

Ich kann den Kleiderschrank ausräumen. Ich kann einen zweiten Stuhl ins Zimmer stellen.

»Das wär schon okay«, sage ich leise.

»Meinst du das ernst?«

Ich nicke. Und dann spüre ich seine Hand auf meinem Kopf. Sie tätschelt mich sanft, als wäre ich ein Katzenjunges.

»Du bist mir ja eine, Inken.« Papa mustert mich mit schräg gelegtem Kopf. »Aber erst mal hatte ich nur vor, May zum Abendessen einzuladen.«

SCHLECHTER EMPFANG IM PAZIFIK

Endlich ruft Mama an. Es knistert und knackt und Mama sagt, sie kann leider nur kurz sprechen.

»Ich freue mich so, deine Stimme zu hören«, ruft sie, obwohl ich außer Hallo noch nichts gesagt habe. »Gehts dir gut?«

»Ja«, antworte ich. »Und dir?«

Eine ganze Weile kommt nichts zurück.

»Und dir?«, wiederhole ich und lausche dem Rauschen, als wäre Mamas Stimme in einer Muschel gefangen, die seit Tausenden von Jahren auf dem Meeresgrund liegt.

»Was?«, sagt Mama. »Was hast du gesagt?«

»Ob's dir gut geht?«, rufe ich und merke, wie sehr ich sie vermisse.

Mama erzählt, was sie alles erlebt, aber es ist, als würde man mit jemandem sprechen, der andauernd auf stumm geschaltet wird. Bei mir kommen nur Fetzen an. Ich rufe ein Video von Cora & Caitlin auf und schaue ohne Ton zu, wie die beiden Highlighter auf die Nase auftragen, während es in der Leitung rauscht und ich Bruchteile davon höre, was Mama alles Spannendes auf ihrer Insel erlebt.

»Gibt's bei dir was Neues?«, ruft Mama.
»Ich werde vielleicht Wohlfühlagentin«, sage ich.
»Was?«
»Wohlfühlagentin«, wiederhole ich. »Da sorgt man für ein gutes Miteinander und Zusammenhalt und so, damit sich alle wohlfühlen.«
»Wohlfühlen?«, knistert Mama. »Fühlst du dich nicht wohl? Geht es dir gut?«
»Jaja«, sage ich und würde gern mit Mama über die Sache mit Papa reden, aber man kann wichtige Dinge nicht mit jemandem besprechen, der sich auf einer Insel im Pazifik befindet und schlechten Empfang hat. Ich wiederhole, dass ich gern Wohlfühlagentin werden würde, aber Mama hört nichts. Es kommt nur ein langes Pfeifen, dann ist das kurze Gespräch vorbei. Am liebsten würde ich mich unter der Decke verkriechen und weinen, weil ich Mama so vermisse, aber das kann man sich mitten im Wahlkampf nicht leisten. Also gebe ich mir einen Ruck, greife nach meinem grünen Buch und streiche durch, was ich schon erledigt habe.

- ~~Slogan finden (vielleicht auf Englisch?)~~
- Eine eigene Gruppe erstellen, in der ich Beiträge und Bilder und so posten kann
- ~~T-Shirts, Caps oder Ähnliches mit Slogan drucken lassen (Problem: bestimmt voll teuer!)~~
- Die ganze Zeit extrem nett zu allen sein (anstrengend, aber muss sein)
- An mich selbst glauben! (Megawichtig!!)
- Mich nicht immer zur Idiotin machen, sobald Leo in der Nähe ist (wenn wir zusammen Wohlfühlagenten sein wollen, muss ich mich zusammenreißen!!)

Papa hat das Paket von der Post abgeholt und schaut mir gespannt zu, wie ich es öffne. Er steckt wieder in einem viel zu bunten Pulli und sagt, dass er gleich mit May verabredet ist, er will nur erst sehen, was ich bekommen habe. Ich nehme eine der roten Caps aus dem Karton, die zuoberst auf den T-Shirts liegt.

»Inken ins Amt«, liest er schmunzelnd den Aufdruck auf der Cap. Er reckt die Daumen hoch, genau wie Donald Trump in Haralds Fotopräsentation.

»Also stellen sich morgen alle Kandidaten vor?«, fragt er und deutet mit dem Kinn auf die Cap. »Jetzt wählen doch bestimmt alle dich!«

May hat Papa zu Garnelen und Weißwein eingeladen, er wird also spät zurückkommen, aber ich darf mir ausnahmsweise was Süßes nehmen, obwohl Dienstag ist und ich das sonst nur am Wochenende darf.

Ich übe meine Rede laut vor dem Spiegel und filme mich dabei. Morgen werde ich Alba zeigen, dass man eine Wahl nicht so leicht gewinnt, wie sie denkt. Es reicht nicht, nur man selbst zu sein.

Ich werde Alba besiegen, schreibe ich in mein grünes Buch. *Besiegen. Besiegen. Besiegen!*

INKEN INS AMT

Jasmin lächelt unsicher, als ich ihr die Cap hinhalte. Sie ist rot und sieht nach Lkw-Fahrer aus, aber was zählt, ist die Botschaft. Jasmin wird damit leben müssen, dass es nicht gerade die modischste Cap ist. Auf der ganzen Welt gibt es nur diese beiden Exemplare, eine für mich und eine für Jasmin. Die Caps waren viel teurer als die T-Shirts, dass alle in der Klasse eine bekommen, stand also nicht zur Debatte.

»Die steht dir voll gut«, sage ich begeistert, obwohl die knallrote Cap etwas groß ist und Jasmin fast über die Augen rutscht. Sie mustert sich in ihrer Handykamera.

»Dein Ernst, Inken?« Jasmin schaut mich entgeistert an. »Ich unterstütze dich gern, aber ich sehe komplett bekloppt aus.«

»Du musst sie ja nur in der Schule tragen«, beruhige ich sie.

»Aber in der Schule ist es doch am wichtigsten, gut auszusehen«, stöhnt Jasmin, spitzt die Lippen und schießt ein Selfie mit Kussmund, um zu sehen, ob das hilft.

»Ist ja nur bis zur Wahl«, sage ich und mir graut davor, ihr die T-Shirts zu zeigen. Wenn schon unter meinen engsten Unterstützern miese Stimmung herrscht, habe ich ein Problem.

Ich beuge mich über die Tüte mit den T-Shirts und ziehe eins für Jasmin heraus. Sie reißt es mir aus den Händen und starrt entsetzt auf den Text auf der Brust.

»*Was* steht da?!«

Inken ins Amt. Dasselbe wie auf den Caps. Aber Jasmin lacht, und zwar nicht ihr normales Lachen. Es klingt Unheil verkündend. Da sehe ich es! Ich wühle in der Tasche und zerre weitere T-Shirts heraus. Auf allen steht dasselbe. Habe ich mich vertippt oder arbeitet da irgendein Vollidiot von Legastheniker bei der Druckerei? Ich blinzle hektisch, hole mein Handy heraus und checke die Mail mit der Bestellung, die ich an dem Abend abgeschickt habe, als Papa von May und Albertine erzählt hat und in meinem Kopf alles chaotisch war.

Inken in sAmt!

Nein, nein, nein, nein, nein!

Inken in sAmt, das sieht total bescheuert aus, aber ich habe keine Zeit, neue zu drucken. Und auch nicht das Geld.

Kurz gesagt: Ich bin erledigt.

»Man versteht ja, was es heißen soll«, versucht Jasmin mich zu trösten und zieht sich eines der T-Shirts über. Das hilft ein bisschen. Ich ziehe langsam mein T-Shirt an und frage mich, wie dieser Tag so schnell von schön zu schrecklich kippen konnte.

GUNNAR

Mit schweren Schritten, die rote Cap tief in die Stirn gezogen, gehe ich über den Schulhof. Ich spüre die Blicke der anderen auf mir und wünschte, ich könnte im Boden versinken oder mich in Luft auflösen. Denk an etwas Schönes, flüstere ich mir zu und mir fällt der Moment ein, als Leo mich mit Iselin gesehen hat, der Moment, den ich mir eingeprägt habe für Tage, wenn ich ihn dringend brauche. Dieser Tag ist definitiv jetzt!

»Das nenne ich Einsatz!«, sagt Harald begeistert, als er mich sieht. »Toll, Inken, mit T-Shirt und allem Drum und Dran!«

Wohlbefindenssteigernde Maßnahmen, hat Harald an die Tafel geschrieben und alle Kandidatinnen und Kandidaten sollen nacheinander nach vorn kommen und ihre Ideen präsentieren. Die Jungs machen einen auf wichtig und labern alle eine Ewigkeit. Manche wollen Ballspiele organisieren, andere verschiedene Wettkämpfe, die Nächsten irgendwelchen Nerdkram, wo man schon beim Zuhören einschläft. Leo schlägt als Einziger etwas vor, was wirklich Spaß macht, nämlich eine Party. Währenddessen sitze ich mit vor der Brust verschränkten Armen auf meinem Platz und versuche, die Schrift auf meinem T-Shirt zu verdecken.

Alba wendet sich mit zufriedenem Gesicht der Klasse zu, nachdem sie ihre Vorschläge an die Tafel geschrieben hat.

»Wählt mich«, sagt sie und reißt die Hände hoch wie eine Sportlerin, die gerade Gold geholt hat. Dann zeigt sie auf die drei Punkte.

— *Strandreinigungsaktion*
— *Den Kunst- und Werkraum in der Pause benutzen dürfen*
— *Happy-Umschläge*

Happy-Umschläge heißt, alle haben einen Umschlag in ihrem Fach und dann schreiben wir uns gegenseitig nette Dinge auf Zettel und stecken sie dort hinein.

Als wären die drei Vorschläge an der Tafel nicht genug, zählt Alba eine lange Reihe weiterer Dinge auf, die sie auch gern anleiern würde. Computerkurse im Altersheim geben, einen Flohmarkt in der Turnhalle, Weihnachtstheater, ein Geigenkonzert, darauf hätte *sie* richtig Lust.

»Außerschulisches Engagement ist natürlich großartig«, sagt Harald. »Aber die Hauptaufgabe von Wohlfühlagentinnen und -agenten ist es, während der Schulzeit für eine gute Atmosphäre zu sorgen.«
Er schaut zu Alba, die streberhaft nickt.
»Die Letzte, die sich für die Wahl gemeldet hat ...«, verkündet Harald und macht eine Kunstpause. Alles in mir kribbelt, meine Muskeln spannen sich an. Das dämliche T-Shirt ist nass geschwitzt. Ich höre meinen Herzschlag in den Ohren pochen.
»... bist du, Inken.«
Alle drehen sich um und glotzen mich an. Denk an etwas Schönes. Ich stelle mir Iselin in der coolen Weste vor und wie ich mit Leo zu dem Kurs fahre. Dass er sich in mich verliebt wie letztes Jahr in Victoria. Das ist jetzt alles ruiniert, nur wegen eines T-Shirts! Ich schaue zu Leo, um zu sehen, ob er lächelt, und das tut er. Er lächelt! Da weiß ich plötzlich, was ich sagen werde.

Ich gehe mit entschlossenen Schritten nach vorn, genau wie ich es von Cora & Caitlin gelernt habe. Ich achte darauf, nach allen Seiten zu lächeln, wie eine Präsidentin, die die Wahl bereits gewonnen hat, und als ich vorne bei der Tafel stehe, lasse ich den Blick durch die Klasse wandern und sehe der Reihe nach jedem in die Augen. Eine Wohlfühlagentin muss allen das Gefühl geben, gesehen zu werden.

»Mir ist aufgefallen, dass einige von euch über diesen Text gelacht haben«, beginne ich und deute auf den Schreibfehler auf meinem T-Shirt. »Was ja an sich verständlich ist. Die Frage ist nur, ob Gunnar es auch witzig findet.«

Ich lasse den Namen einen Moment in der Stille des Klassenzimmers hängen.

»Gunnar ist nämlich Legastheniker.«

Die anderen schauen mich ungeduldig an. Gunnar, wer soll das sein? Komm zum Punkt. Jasmin schaut mich mit hochgezogenen Brauen an.

»Gunnar hat nämlich endlich einen Job gefunden. Und zwar T-Shirts und Caps und Hoodies und Tassen bedrucken und was die Leute sonst noch so bei PremiumPrint bestellen. Dort bietet Gunnar den Kunden Tag für Tag den besten Service und ist ein rundum toller Kerl. Aber manchmal schleicht sich der Fehlerteufel ein, wenn Gunnar etwas schreiben muss. Denn er ist ja Le-gas-theniker.«

Ich betone es, als würde ich mit einer uralten, tauben Person sprechen, und merke, dass Gunnar sogar mir leidtut, so sehr habe ich die Geschichte verinnerlicht.

»Ich finde, wir haben es nicht nötig, uns über Legastheniker lustig zu machen«, fahre ich fort und zeige wieder auf mein T-Shirt. »Statt mich also wegen dem Fehler zu beschweren, habe ich entschieden, dieses T-Shirt mit Stolz zu tragen. In meiner Welt ist nämlich Platz für alle.«

Krass, ich könnte Regierungschefin und Präsidentin und Wohlfühlagentin werden! Mein Auftritt läuft tausendmal besser als erwartet.

Ich nicke Jasmin zu und sie greift rasch zu meinem Handy und einer winzigen Lautsprecherbox. Die Musik ist deutlich leiser, als ich gedacht hatte. Eigentlich sollte sie loswummern. Jasmin fummelt am Handy und dem Lautsprecher herum, um die Lautstärke hochzudrehen, schaut mich zum Schluss aber achselzuckend an und mir bleibt nichts anderes übrig, als weiterzumachen.

»Ich möchte Wohlfühlagentin werden, weil ich mir wünsche, dass sich alle an unserer Schule wohlfühlen. Ich bin total gegen Mobbing und so und glaube, ich würde als Wohlfühlagentin echt für Feelgood-Stimmung sorgen.«

Ich lege mir die Hände auf die linke Brust, damit allen klar ist, dass meine Worte aus tiefstem Herzen kommen.

»Mein Vater ist Liverpool-Fan«, lüge ich. »Deshalb bin ich mit einem Satz aufgewachsen, der in gewisser Weise mein Lebensmotto geworden ist.«

Mein Vater hatte noch nie was mit Fußball am Hut, aber der Slogan passt perfekt.

»*You'll never walk alone.*«

Ein paar Jungs grinsen. Leo schaut aus dem Fenster. Freut er sich denn gar nicht? Liverpool ist doch sein Team, deshalb habe ich den Slogan schließlich ausgesucht.

»Das ist ja alles schön und gut, Inken«, unterbricht

mich Harald. »Aber welche wohlbefindenssteigernden Maßnahmen hast du dir überlegt?«

Ich drehe mich zur Tafel und schreibe. Als ich fertig bin, sehe ich, dass es so schief geworden ist, als wäre eine Siebenjährige am Werk gewesen.

— *Mamma-Mia-Disco*
— *Schminken mit Inken (Beautysalon und Spa)*
— *Verteilen von Halloween-Süßigkeiten an der ganzen Schule*

Ich lächle bemüht. Tanja und Ikram tuscheln miteinander. Josef und Sigurd versuchen, ihr Lachen zu verbergen. Leo schaut immer noch aus dem Fenster. Was ist los?

»Ich glaube, das wären Wohlfühlmaßnahmen, die wirklich solche ... äh, wohlbefindens...äh...steigernden Maßnahmen wären«, sage ich und höre selbst, wie *lame* das klingt. Wohlfühlmaßnahmen, die wohlbefindenssteigernde Maßnahmen wären.

Harald gibt mir zu verstehen, dass meine Zeit um ist. Doch genau in dem Moment, als ich den letzten wichtigen Aufruf loswerden will, schafft Jasmin es endlich, die Musik aufzudrehen, die plötzlich mit voller Lautstärke aus der kleinen Box dröhnt. Die anderen halten sich die Ohren zu.

»Denkt dran, Wohlfühlagentin *wird* man nicht, man *ist*

es«, rufe ich und drehe mich um, sodass alle den Slogan auf dem Rücken meines T-Shirts sehen. Den hat Gunnar zum Glück richtig geschrieben.

You'll never walk alone.

LIEBENSWÜRDIG UND ENGAGIERT

Für das Amt der Wohlfühlagentin anzutreten, ist ein Vierundzwanzig-Stunden-Job. Erst muss ich den ganzen Tag in der Schule liebenswürdig zu allen zu sein, damit sie mich wählen. Und obwohl ich nachmittags am liebsten Zeit mit Jasmin verbringen oder gemütlich auf dem Sofa Cora & Caitlin gucken würde, reiße ich mich zusammen und widme mich den Wahlkampfarbeiten.

Ich erstelle eine eigene Wahlkampfgruppe namens *Inken ins Amt* und lade alle aus der Klasse ein bis auf Alba. Eigentlich soll man ja niemanden ausschließen, aber da sie die Gruppe ganz bestimmt nicht unterstützt, bringt es herzlich wenig, sie dabeizuhaben. Ich poste einige der schönsten Bilder von mir und schreibe Texte, die von Freundschaft und Zusammenhalt handeln. Dinge, die die Leute motivieren und glücklich machen.

»A smile can change the world« 😊

»Glaub an dich selbst, dann kannst du alles erreichen.«

»Freunde sind die Familie, die wir uns selbst aussuchen.«

Ich mache mir eine Übersicht darüber, was ich in den nächsten Tagen posten will, und suche stundenlang nach Clips, die zum Lachen bringen oder zu Tränen rühren. Lächelnde Babys, Leute, die lieb zu Tieren sind, oder amerikanische Soldaten, die vom Armeedienst nach Hause kommen und ihre Kinder überraschen. Ich will das Gefühl vermitteln, dass ich für etwas Wichtiges einstehe. Dass ich nicht einfach irgendeine Wohlfühlagentin sein werde. Bei mir geht es um Herzenswärme, es soll Platz für alle sein.

Alba scheint sich nicht damit beschäftigt zu haben, was es braucht, um Politikerin zu sein und Stimmen zu gewinnen, aber ich habe mich da gründlich eingelesen. Man muss lächeln und schmeicheln und pausenlos nett zu allen sein. So tun, als ob man den Leuten zuhört, auch wenn es einen nicht interessiert. Würde der norwegische Regierungschef für das Amt des Wohlfühlagenten an unserer Schule kandidieren, würde er nicht nur bei den Bänken rumstehen und er selbst sein, so wie eine gewisse Alba. Nein, er würde von Gruppe zu Gruppe über den Schulhof spazieren und sich in die Gespräche einmischen, laut und herzlich lachen, wenn jemand einen Witz macht. Dinge sagen wie »Diese Pfadfinderfreizeit war bestimmt toll« oder »Die Jacke steht dir echt gut«, auch wenn es die hässlichste Jacke der Welt wäre. Und dann würde er Selfies mit allen möglichen Schülern machen und sie mit Herzen und schönen Worten in der Wahlkampfgruppe posten.

»Übertreibst du es nicht langsam ein bisschen mit dem ganzen Wahlkampftheater?«, fragt Jasmin eines Tages auf dem Schulhof.

Ich habe ihr gerade erzählt, was ich in den nächsten Tagen in meiner Gruppe posten will und dass ich mich heute Nachmittag leider wieder nicht mit ihr treffen kann, weil ich Wahlkampf führen muss.

»Sonya findet das auch ein bisschen übertrieben. Ist dir das wirklich so wichtig?«

Muss sie andauernd mit Sonya kommen? Und drüben bei den Bänken steht Alba und lacht mit ihren Grübchen.

»Ja«, sage ich lauter als geplant. »Ist es. Und wenn man Wahlkampf führt, kann man sich leider nicht auf die faule Haut legen.«

Ich schicke allen in meiner Gruppe einen persönlichen Gruß und fordere jeden einzeln auf, für mich zu stimmen. Bei Leo überlege ich lange, was ich ihm schreiben soll. Ich kann mich gar nicht an seinem Profilbild sattsehen, auf dem ihm der Pony ein wenig vors Auge fällt und er megacute aussieht. *Lieber Leo*, schreibe ich, lösche *Lieber* und schreibe *Hi. Hi, Leo, ich hoffe du wählst mich und wir machen zusammen den Kurs.* Ich tippe auf *Senden*, ehe ich es mir anders überlegen kann, und warte wie eingefroren auf meinem Bett auf seine Reaktion. Eine Minute verstreicht. Zwei. Vier. Sechzehn. Endlich. Ein gelbes Daumenhoch. Daumen hoch für mich. Daumen hoch für den Kurs. Das muss bedeuten, dass er mich wählen wird. Leo wählt mich!

HAPPY-UMSCHLÄGE

König Harald erwartet uns am nächsten Tag an der Tür und übt mit uns Begrüßungshandschläge. Er checkt einfach nicht, dass das mit den Handshakes an der Heiabakken-Schule nicht so funktionieren wird wie in den USA und dass wir niemals coole amerikanische Kids mit Hoodies und krassem Rhythmusgefühl werden.

»Könnte ich am Ende der Stunde zwei Minuten mit der Klasse bekommen?«, fragt Alba, als Harald endlich mit der Klatscherei fertig ist. Harald nickt.

Bei der Gruppenarbeit über Netikette sollen wir über Ausgrenzung im Internet reden. Leo sitzt neben mir. Ich muss dringend am letzten Punkt meiner Liste im grünen Buch arbeiten, weil ich mich jedes Mal, wenn Leo in der Nähe ist, zur Idiotin mache. Gerade könnte man denken, ich hätte *überhaupt* keine Meinung zu Ausgrenzung im Internet. Ist es gut oder schlecht, jemanden online auszugrenzen? Ich weiß es nicht. Alba hat sich so nah neben Leo gesetzt, dass sie ihn ständig berührt, wenn sie beim Reden mit den Armen fuchtelt.

»In meiner alten Klasse wurde jemand aus der Klassengruppe ausgeschlossen, das war total fies«, sagt Alba und durchbohrt mich plötzlich mit ihrem Blick. Hat sie von der Inken-Gruppe erfahren und weiß, dass sie die Einzige ist, die nicht eingeladen wurde?

»Inklusion ist wichtig. Alle müssen miteinbezogen werden«, sagt Alba möchtegern-erwachsen und bittet Leo, das Wort »Inklusion« zu notieren.

»Inklusion bedeutet, andere miteinzubeziehen und sich allen gegenüber korrekt zu verhalten, so wie du es tust, Leo«, fährt sie fort.

»Ja, Leo ist echt korrekt«, sage ich und spüre, wie mein Gesicht schon wieder rot anläuft.

Alba rückt mit ihrem Stuhl noch näher an Leo ran, wobei sie den Blick auf mich gerichtet hält. Ich rücke meinen Stuhl ebenfalls näher zu Leo. So nah, dass ich den Waschmittelduft seines T-Shirts rieche und höre, wie er ruhig durch die Nase atmet.

»Du grenzt niemanden aus, oder, Leo?«, fügt Alba hinzu.

»Ähm, nein. Ich versuche, zu allen korrekt zu sein«, sagt Leo und kippelt mit seinem Stuhl.

»Du wärst voll der gute Wohlfühlagent«, sage ich und

suche Leos Blick. Er hat mir ein Daumenhoch geschickt und er wird mich wählen. Aber das weiß Alba nicht.

»Ja, total, Leo«, schleimt Alba und lächelt mit ihren Grübchen. »Außerdem bist du so ...«

Harald klatscht und signalisiert Alba, dass sie jetzt für ihre zwei Minuten nach vorn kommen kann. Ich sitze viel zu nah bei Leo, während Alba sich möchtegern-erwachsen vor die Klasse stellt und einen Packen Umschläge hochhält.

»Ich dachte, wir könnten gleich mit den Happy-Umschlägen anfangen«, sagt sie an Harald gewandt. »Dabei gelten dieselben Regeln wie online: Man darf nur nette Dinge schreiben. Dann steckt man die Zettel in die Umschläge und ruckzuck hat man einem seiner Klassenkameraden den Tag versüßt.«

Alba klingt wie eine Kindergärtnerin. Ich schnaube. Happy-Umschlag. Allein das Wort ist so lächerlich, dass ich kotzen könnte.

»An Schulen in den USA wird das mit den Happy-Umschlägen ganz oft gemacht«, sagt Alba und wiederholt, dass sie total gegen Mobbing ist. Ich schnaube noch mal. Sehr originell! Wer ist denn bitte *für* Mobbing?

»Und Mobbing beginnt mit Worten. Wenn man über andere lästert und einander beleidigt und so. Deshalb starten wir mit diesen Happy-Umschlägen eine Anti-Mobbing-Kampagne.«

Alba hält die bunten Umschläge hoch.

»Die Zettel sollen anonym sein, das heißt, ihr schreibt euren Namen nicht darauf.«

Anscheinend glaubt Alba, sie wäre in eine Klasse gekommen, die schwierige Wörter wie anonym nicht versteht.

»Tolle Initiative, Alba«, sagt Harald begeistert. Er ist ja Fan von allem, was aus den USA kommt.

Alba teilt die Umschläge aus. Sie hat sie in verschiedenen Farben gekauft und unsere Namen säuberlich mit Filzstift daraufgeschrieben. Meiner ist kackbraun und Alba hat *Inken* mit einem stinknormalen Bleistift und schiefen Buchstaben daraufgekritzelt.

Die anderen fangen schon in der nächsten Pause an, Nachrichten in die Umschläge zu stecken. Und den Rest des Tages ist es unmöglich, das Klassenzimmer zu betreten oder zu verlassen, ohne dass jemand jubelt oder seufzt und sich freut. Ich glaube nicht, dass Alba merkt, wie ungerecht das mit den Umschlägen ist. Einige kriegen lauter nette Zettel, andere fast keine. Schon bald entbrennt ein Wettkampf, wer die meisten Zettel bekommt. Alles ist sichtbar. Alles kommt ans Licht. Aber das merkt Alba nicht, weil ihr Umschlag, der übrigens rot ist, überquillt vor Zetteln, die angeblich dazu beitragen, Mobbing zu reduzieren.

In der letzten Pause zieht Alba einen Zettel aus ihrem Happy-Umschlag und liest ihn laut für die Umstehenden vor.

»*Du hast schöne Grübchen.* Ooooooooh, wie lieb.«

Alba schaut zu Leo. Glaubt sie ernsthaft, er hätte das mit den schönen Grübchen geschrieben? Wie kann man so eingebildet sein? Leo zieht gerade seine Jacke an, er beachtet Alba nicht. Aber trotzdem: Kann er es gewesen sein? Alba ist rot im Gesicht und lächelt immer noch. Und da komme ich plötzlich drauf, wem sie ähnlich sieht. Keinem Promi, sondern Victoria! Die hatte auch Grübchen. Alba ähnelt Victoria!

Ich schaue die Zettel in meinem kackbraunen Umschlag durch. Vielleicht hat Leo mir auch etwas geschrieben. Falls das mit den Grübchen überhaupt von ihm war. *Du bist nett*, steht auf einem der Zettel. *Die beste Freundin der Welt*, steht auf einem anderen. Ich erkenne Jasmins Handschrift. Auf dem letzten Zettel steht: *Leo sagt, dass er mich wählt.* Darunter sind vier breit grinsende Smileys gemalt.

DISLIKE

Denk an etwas Schönes. Ich versuche, an grüne Westen zu denken und an den Wohlfühlagenten-Kurs mit Übernachtung und an Leo, aber die ganze Zeit taucht Albas Gesicht vor mir auf.

Unfassbar, wie man einfach so in eine Klasse walzen und derart viel Aufmerksamkeit für sich beanspruchen kann. Da rackere ich mich ab, damit ich beliebt werde, und dann kommt plötzlich Alba und macht alles kaputt. Alba ist nicht länger nur sie selbst. Sie startet durch und macht mir langsam ernsthaft Konkurrenz. Geht über den Schulhof, lächelt, schmeichelt sich ein und hält sich für die perfekte Wohlfühlagentin. Ich verstehe nicht, warum sie mir diesen Zettel geschrieben hat. Hat sie mit Leo gesprochen?

Falsch, Leo wählt nämlich mich, schreibe ich auf einen Zettel und stecke ihn in Albas Happy-Umschlag. Das kann ich ihr beweisen, falls sie Zweifel hat. Leo hat mir ein Daumenhoch geschickt, als ich ihn gefragt habe, ob er mich wählt. Ich beobachte, wie Alba meinen Zettel auseinanderfaltet und liest, sich im Gang umschaut und ihn wütend zusammenknüllt, ehe sie ihn einsteckt. Als ich aus der Pause zurückkomme, steckt ein neuer Zettel in meinem Umschlag. Vier Wörter stehen darauf: *Er hat sich umentschieden.*

Ich sitze mit meinem grünen Buch auf dem Bett und starre auf Punkt 4 und 5 meiner Liste, wo es heißt, dass ich nett zu allen sein und an mich selbst glauben soll. Was den letzten Punkt angeht, läuft es so lala, seit Alba angefangen hat, ebenfalls Wahlkampf zu führen. Ich öffne die Inken-Gruppe und sehe: 0 neue Kommentare! Ich sollte einen Beitrag posten, der etwas über Zusammenhalt und Gemeinschaft sagt. Die Clips, die ich geteilt habe, wirken albern und oberflächlich. Ich poste *You'll never walk alone* in weißer Schrift auf rotem Hintergrund und warte lange auf eine Reaktion von Leo. Aber es kommt keine. Nicht mal ein Like. Sechzehn Minuten vergehen. Zwanzig. Nichts. In der Klassengruppe hat Alba ein Bild von sich bei einer Strandreinigungsaktion gepostet. Viele haben es mit Herzen kommentiert. Ich verstehe gar nichts mehr. Glauben sie wirklich, dass Alba für Spaß und Feelgood-Stimmung sorgen kann?

Ich suche ein Bild von einem vermüllten Strand heraus und schicke Jasmin eine Nachricht.

Jetzt mal im Ernst!, schreibe ich. *Was sollen wir mit einer Wohlfühlagentin, die uns zwingt, Plastik aufzusammeln und die Pause im Kunstraum zu verbringen! Oder Geige zu spielen! Klingt für mich nicht gerade nach Feelgood.*

Jasmin antwortet mit einem Bild von einem Wal, dessen Magen voller Plastik ist.

Feelgood?, lautet ihre Bildunterschrift.

Ich suche ein Bild von einem Keramiker heraus, der eine Kanne fertigt und vollgematschte Hände hat.

Feelgood?, schreibe ich und sende es an Jasmin.

Sie schickt ein Bild von einer alten Frau, die etwas stickt, das bestimmt ein Blumenstrauß sein soll, aber eher aussieht wie eine missglückte Pizza.

Kunst?

Ich antworte mit einem lachenden Emoji. Aber dann zucke ich zusammen, weil eine Reaktion von Leo kommt. Ein Dislike! Leo hat meinen Beitrag gedislikt. Aber er ist doch Liverpool-Fan, mag er *You'll never walk alone* nicht? Hat Alba ihn wirklich davon überzeugt, dass sie eine bessere Wohlfühlagentin wäre als ich? Wird er sie wählen?

Wollen wir heute Abend was machen?, schreibt Jasmin. *Oder bist du mit Wahlkampf beschäftigt?*

Sie hat zehn saure Smileys hinzugefügt. *Ich kann nicht,* schreibe ich, *heute lerne ich May kennen.*

NEUIGKEITEN
NOCH GRÖSSERE NEUIGKEITEN

Papa hat vegetarische Pizza gemacht. May isst nur Gemüse, deshalb kann Papa nicht einfach wie sonst Hotdogs machen oder eine Salamipizza in den Ofen schieben. Er steht in einem schrecklichen Hawaiihemd mit großen grünen und roten Blumen in der Küche.

»Neu?«, frage ich und deute mit einem Kopfnicken auf das Hemd. Vom Draufgucken wird einem fast schwindelig.

»Ja«, lächelt Papa und breitet die Arme aus. »Wie findest du's?«

»Schön«, lüge ich und lächle zurück.

Er schneidet und hackt alle möglichen Gemüsesorten. Die Pizza sieht aus, als hätte ein Fünfjähriger sie belegt. Kunterbunt und überladen.

»Ist das eigentlich üblich, Gurke auf der Pizza?«

»Gurke ist doch ein ganz normales Gemüse?« Papa schaut unsicher auf das Schneidebrett. »Ich hab einfach ein bisschen von allem genommen, wovon ich glaube, dass May es mag. Außerdem geht es heute Abend ja um Wichtigeres als ums Essen.«

Ich nicke. Wir werden Karotte und Aubergine und Gurke auf der Pizza vermutlich überleben. Papa ist total nervös. Er wischt zum dritten Mal mit dem Lappen über die Arbeitsplatte und schaut aus dem Fenster, ob May plötzlich vor der Tür steht.

»Du, Inken«, sagt er in einem Ton, der mich nervös macht.

»Nur damit du Bescheid weißt, May hat ihrer Tochter noch nichts erzählt. Weißt du, sie hatte schon mehrere Beziehungen.«

Er lächelt.

»Wenn du sie siehst, wirst du verstehen, warum. Sie ist eine schöne Frau.«

Er macht eine kurze Pause.

»Deshalb ist sie ein bisschen vorsichtig damit, ihrer Tochter weitere Stiefväter vorzustellen.« Beim Wort »Stiefväter« malt er Gänsefüßchen in die Luft. »Sie will erst sicher sein, dass es ernst ist.«

Ich bin ein bisschen enttäuscht. Da wünsche ich mir so sehr eine Schwester und sie weiß noch nicht mal von mir.

»Aber ist es denn nicht ziemlich ernst?«, frage ich Papa.

»Doch, ist es«, antwortet er und schiebt das Backblech mit der bunten Pizza in den Ofen. »May möchte nur noch ein bisschen warten, das ist alles.«

Zwei Sekunden, nachdem Papa die Gemüsepizza aus dem Ofen geholt hat, klingelt es an der Tür. Papa steht mit den Topflappen in der Hand da und sieht mich an.

»Ja«, sage ich, »ich mache auf.«

Durch das geriffelte Türglas sehe ich ihr Gesicht. Den lächelnden Mund. Buschiges braunes Haar.

»Hallo«, sagt May und ihr Lächeln ist so breit, dass ich alle Zähne sehen kann. »Ich freue mich so, dich kennenzulernen, Inken.«

Es ist schön, wie sie meinen Namen sagt. May umarmt mich fest. Sie duftet süß, nach Erdbeeren oder Fruchtbonbons.

»Das riecht aber gut«, sagt sie und wirft einen Blick zur Küche. »Was hat Knut gekocht?«

»Pizza«, sage ich. »Aber er hat Gurke draufgetan.«

»Gurke auf der Pizza?«, flüstert May und zieht eine Grimasse.

»Er hat sie einfach mit allen Gemüsesorten belegt, die du magst«, sage ich. »Deshalb ist auf der Pizza leider ein bisschen von allem.«

May öffnet den Mund und lacht lauthals. Papa kommt in den Flur.

»Was ist so lustig?«, fragt er überrascht.
Er sieht glücklich aus. Glücklich, May zu sehen, und glücklich, weil sie so herzlich lacht, kurz nachdem wir uns zum ersten Mal getroffen haben.
»Ach nichts, Inken hat mir nur etwas erzählt«, antwortet May und zwinkert mir zu.

Es ist ungewohnt, zu dritt am Tisch zu sitzen. Normalerweise sitzen Papa und ich uns gegenüber, aber jetzt habe ich den Platz am Kopfende bekommen. Ich folge den Blicken, die die beiden wechseln. Sie heben ihre Weingläser, stoßen an und dann drehen sie sich zu mir, als würden sie sich plötzlich erinnern, dass da ein Kind am Kopfende sitzt und sie beobachtet. May redet und lacht. Ihr Haar ist braun gelockt, ihre Lippen sind voll und die Augen warm und grün. Sie trägt ein rotes Wickelkleid mit tiefem Ausschnitt und ein Goldkettchen mit Anhänger um den Hals. Ich mag ihr Doppelkinn, die Art, wie sie den Kopf in den Nacken wirft, wenn sie etwas lustig findet, ihr fröhliches Lachen. Sie isst tapfer mehrere Stück Pizza und lügt, dass sie lecker schmeckt. Ich versuche mir vorzustellen, wie ihre Tochter wohl aussieht. Ich würde May gern so viel fragen. Wollen sie bei uns einziehen? Werden wir uns ein Zimmer teilen? Wenn ich es mir aussuchen dürfte, hätte ich lieber eine Schwester als ein eigenes Zimmer.

»Du, May«, setze ich an, meine Stimme ist plötzlich laut. May sieht mich an und hört auf zu kauen. »Sag mal ... ähm ... äh ...«

Es kommt bestimmt merkwürdig, wenn ich jetzt so mir nichts, dir nichts frage, ob sie bei uns einziehen wollen. So was fragt man nicht, wenn man sich gerade mal eine Viertelstunde kennt. Und ich will nicht, dass sie mich für aufdringlich und nervig hält. Dann ziehen sie bestimmt nicht bei uns ein.

»Ja?«, fragt May.

»Äh ... Ich wollte nur fragen, ob du, oder ihr ... das heißt, eigentlich wollte ich nur wissen, ob dir die Pizza geschmeckt hat«, sage ich und werde rot.

»Sie war auf jeden Fall interessant«, antwortet May.

»Sind alle fertig? Dann hole ich jetzt den Nachtisch«, sagt Papa und steht auf.

Für einen Moment wird es still, während Papa in der Küche ist. Plötzlich wissen wir beide nicht, was wir sagen sollen. May tippelt mit dem Finger auf der Tischdecke.

»Ist es schön, wo ihr wohnt?«, frage ich und finde, ich klinge wie eine Erwachsene.

May lächelt mich an.

»Wir haben eine sehr schöne Wohnung gemietet, während wir uns nach etwas zum Kaufen umsehen«, sagt sie. »Leider funktioniert vieles nicht so gut.«

Papa taucht mit einer Eistorte und drei Tellern auf.

»Was funktioniert nicht?«, fragt er verwirrt.

»Ach, der Gefrierschrank, die Dusche, die Gegensprechanlage, die Spüle, der Badewannenstöpsel.«

May lacht und winkt ab, als wäre es nicht weiter der Rede wert. Ich schaue zu Papa. Er stellt zögernd die Eistorte auf den Tisch.

»Die ist leider nicht selbst gemacht«, sagt er nervös, »aber sie schmeckt bestimmt trotzdem.«

»Es muss ja nicht alles selbst gemacht sein, Knut«, tröstet ihn May und lächelt mir verschwörerisch zu.

Ich habe immer noch den Geschmack von der gebackenen Gurke im Mund und grinse zurück.

»Es ist wirklich schön, dich kennenzulernen, Inken«, sagt May noch einmal zu mir.

Papa lächelt.

»Ja, Inken ist sehr offen. Ihr wäre am liebsten, wenn wir gleich zusammenziehen.«

May lacht laut, zwei Grübchen erscheinen auf ihren Wangen. Ich komme mir dumm vor. Auch wenn es stimmt, was Papa sagt. Es wirkt nur so verzweifelt, vor allem, wenn Mays Tochter noch gar nichts weiß. May schaut Papa verliebt an. Auf einmal geht bei mir Kopfkino los, wie sie rumknutschen und so, obwohl sie viel zu alt dafür sind. Fast kommt mir die Eistorte wieder hoch und plötzlich, ohne nachzudenken, einfach um meine Gedanken auf etwas anderes zu lenken, frage ich:

»Wie alt ist deine Tochter eigentlich?«

»Zwölf«, antwortet May und lächelt. »Zwölfeinhalb, genau wie du, Inken.«

Muss sie nach jedem Satz meinen Namen sagen? Als wüsste ich nicht, dass ich Inken heiße.

»An welche Schule geht sie?«

Es ist nicht mein Problem, dass sie ihre Tochter noch nicht eingeweiht hat. May zieht nachdenklich die Brauen zusammen.

»Sie geht seit Anfang des Schuljahres auf die Harebakken.«

»Auf die Harebakken?«, fragt Papa erstaunt. »Hast du nicht gesagt, sie geht auf die Waldorfschule?«

»Nein, Knut«, erwidert May. »Da war sie, bevor wir umgezogen sind.«

Papa runzelt die Stirn. Das ist mal wieder typisch, dass er wichtige Infos nicht mitbekommt, wie beispielsweise, auf welche Schule jemand geht. Wie jemand heißt. Wie welche Schule heißt. So viele verschiedene Schulen gibt es hier nicht und ich weiß nicht, warum, aber ich werde unruhig.

»Es gibt keine Schule, die Harebakken heißt«, sage ich entschieden, weil mir die frisch verliebten Erwachsenen langsam auf die Nerven gehen. Wie kann man nur so verpeilt sein?

»Ach, was erzähl ich denn da«, sagt May entschuldigend und wird rot. »Das hab ich jetzt mit der Hareløkka durcheinandergebracht. So hieß die Waldorfschule, auf der sie vorher war.«

Man merkt ihr an, dass es ihr peinlich ist, nicht mehr zu wissen, wie die Schule ihrer Tochter heißt. Sie sucht nach dem richtigen Namen, schaut zur Decke, als stünde er dort irgendwo geschrieben.

»Heiabakken«, sage ich hart. »Sie geht auf die Heiabakken, oder?«

May sieht erleichtert aus.

»Heiabakken, ja, genau, Inken!«

»Albertine geht auf dieselbe Schule wie Inken?«, fragt Papa verwirrt.

»Ja, offenbar«, sagt May. »Kennst du Alba, Inken?«

Mir fällt der Löffel aus der Hand. Papa schaut zwischen May und mir hin und her.

»Alba?«, wiederholt er.

»Ja, wir sagen immer nur Alba. Niemand nennt sie Albertine. Genau wie bei dir, Inken. Dich nennt doch auch niemand Inger Karin, stimmt's?«

KRISE UND KATASTROPHE

Alba, meine Schwester. Meine Stiefschwester Alba. Ich und Alba, meine Schwester. Mein ganzer Körper kribbelt. Ich sitze wie erstarrt am Tisch, während Papa und May sich über die Benennung nach Großmüttern und alte Namen unterhalten, wie zum Beispiel Albertine und Inger Karin.

»Kennst du meine Alba etwa schon?«

Jemand hat meine Lippen mit einem Schloss abgesperrt, nicht ein Ton dringt hindurch. Oder doch, ich gebe ein »Hmmhhhhää« von mir, während das Vanilleeis in meinem Darm rumort und ich das Gefühl habe, die Reste könnten jeden Moment aus meinem Mund auf die Tischdecke schießen.

»Das ist ja lustig!«, sagt Papa. »Dass du schon weißt, wer Alba ist.«

Mir ist schlecht. Wie viele Milliarden Menschen gibt

es auf der Welt? Wie viele Tausend leben in dieser Stadt? Wie viele gehen in meine Klasse? Und wie viele kämpfen gegen mich um das Amt der Wohlfühlagentin? Ein einziger. Und ausgerechnet dieser eine von so vielen Menschen auf der Erde, der einfach in mein Leben platzt und mir alles zerstört, muss natürlich die Tochter der Frau sein, die mein Vater datet.

»Alles in Ordnung, Inken?«, fragt Papa besorgt.

Endlich hebe ich den Blick. Ich sehe die beiden an, von denen ich eben noch dachte, sie könnten zusammenziehen, um Familie zu spielen. Als ich ihre besorgten Gesichter sehe, merke ich, dass das Eis und die Gemüsepizza und mein ganzes Leben auf dem Weg ins Klo sind. Ich springe auf und renne aus dem Wohnzimmer, höre die beiden hinter mir herrufen.

Ich bereue alles, was ich gesagt habe. Von wegen Familie! Von wegen Schwester! Von wegen, Papa und May könnten zusammenziehen! *Ein* Erwachsener und *ein* Kind sind mehr als genug. Wenn ich mir Alba und mich im selben Zimmer vorstelle, wird mir ganz anders. Selbst wenn sie der letzte Mensch auf Erden wäre, würde ich sie nicht als Schwester haben wollen. Worüber sollen wir denn reden? Klimawandel? Plastik im Meer und Geigenspiel?

Ich habe vor Jasmin damit angegeben, was ich für eine coole Stiefschwester bekomme. Was soll ich ihr jetzt sagen? Dass es sich bei meiner Stiefschwester um die blöde Neue und meine größte Konkurrentin handelt? Jasmin kriegt Sonya und ich kriege ... Alba! Wer will die schon als Stiefschwester? Man soll seine beste Freundin nicht anlügen, aber ich habe wenig Lust, Jasmin zu gestehen, dass die angekündigte coole Schwester Alba ist.

Papa klopft an meine Zimmertür und fragt, ob er reinkommen kann.

»Nein«, wimmere ich. »Ich hab Bauchweh.«

»Musst du zum Arzt?«

»Nein«, wimmere ich noch mal.

Kein Arzt der Welt kann hiergegen etwas ausrichten.

»Glaubst du, das kommt vom Gemüse?«, fragt Papa besorgt.

»Lass mich in Ruhe«, jammere ich.

Ich höre Papa zurück ins Wohnzimmer gehen und leise mit May sprechen. Fünf Minuten später fällt die Haustür ins Schloss. Ich werfe mich mit meinem grünen Buch aufs Bett und schreibe so erbost, dass sich die Spitze des Stifts durchs Papier bohrt.

Alba wird niemals meine Schwester werden. Alba wird niemals Wohlfühlagentin werden. Alba muss vernichtet werden.

Ich öffne die Klassengruppe und gehe auf ihr Bild. Sehe es mir ganz genau an. Alba ähnelt ihrer Mutter, das sehe ich jetzt. Dieselben Grübchen. Dasselbe strubbelige Haar. Ich spüre den Zorn in mir hochbrodeln. Und dann beschließe ich, dass niemand davon erfahren darf. Nicht mal Jasmin. Vor allem nicht Jasmin.

Ich google nach dem Bild eines unglaublich hübschen und coolen Mädchens, mache einen Screenshot und schicke ihn Jasmin. *Albertine*, schreibe ich und füge ein Herz hinzu. Zwei Sekunden später kommt die Antwort.

Shit, sieht die gut aus.

In der Klassengruppe suche ich Albas Nummer heraus. Ich sitze lange mit dem Handy in der Hand da, ehe ich eine neue Nachricht an sie öffne und mit schnellen, harten Fingern tippe.

Ich mache dich fertig, du Versagerin.

INKEN, DIE VERSTÄNDNISVOLLE

Papa hat Pfannkuchen gebacken. Er ist froh, dass ich mich besser fühle, als hätte er auch nur den leisesten Schimmer, wie es mir geht. Mein Handy liegt neben mir auf dem Tisch. Ich checke es alle fünf Sekunden, habe einen Knoten im Bauch. Alba hat nicht auf die Nachricht von gestern geantwortet.

»May findet dich toll«, sagt Papa. »Schade, dass dir schlecht geworden ist.«

Er mustert mich prüfend, als ob er nicht ganz glaubt, dass mir so übel war, dass ich vom Tisch aufspringen und mich ins Bett legen musste.

»Und ist das nicht irre, dass Alba auf dieselbe Schule geht wie du? So ein verrückter Zufall! Tja, die Welt ist klein.«

Papa scheint auf eine Antwort von mir zu warten, doch ich greife nach dem Marmeladenglas und studiere das Etikett, als würde mich brennend interessieren, was in Blaubeermarmelade eigentlich so drin ist.

»Habt ihr euch schon ein bisschen kennengelernt?«

»Mhm«, murmle ich und weiche seinem Blick aus.

»Was May so erzählt, hat Alba viele spannende Interessen. Klima und Gesellschaftspolitik. Und sie spielt wohl sehr gut Geige.«

Ich drehe das Marmeladenglas in der Hand, gebe keine Antwort.

»Du, Inken«, sagt Papa. »Schau mich mal an.«

Ich hebe den Blick. Papa hat seine ernste Miene aufgesetzt und ich fürchte das Schlimmste. Wobei ich nicht weiß, wie es noch schlimmer kommen könnte, als es eh schon ist.

»Nachdem sie bei uns war, hat May mit ihrer Tochter gesprochen.«

Ich höre mein Herz schlagen.

»Und ich wollte einfach noch mal sagen, ich bin heilfroh, dass du May so offen begegnest und ihre Tochter sogar als Schwester bezeichnet hast und sagst, dass sie gern bei uns einziehen können.«

Meine Brust zieht sich zusammen.

»Für May ist es nicht so gut gelaufen«, fährt Papa fort.

»Was meinst du?«, frage ich.

»Na ja, Alba ist weniger offen eingestellt als du«, sagt er. »Sie hat die Nachricht nicht gut aufgenommen, um es mal so zu formulieren. Aber das könnte daran liegen, dass sie schon mehrere Stiefväter hatte. Und bestimmt auch mehrere Stiefgeschwister.«

Papa legt seine Hand auf meine.

»Nicht alle sind so verständnisvoll wie du«, meint er und tätschelt mir vorsichtig den Arm.

Ich beiße mir auf die Unterlippe. Bringe kein Wort heraus. Ich stelle mir Albas Gesicht vor, als May ihr erzählt, dass Inken aus ihrer Schule wie eine Schwester für sie sein wird. Und wie Alba dann meine Nachricht liest. Papa sieht seine Tochter an, die er für ach so offen und verständnisvoll hält, und mir wird klar, dass ich diese Rolle spielen muss. Dann kann Alba die Schwierige, Fiese sein. Papa schaufelt Marmelade auf seinen Pfannkuchen und lächelt. Da piept mein Handy.

An deiner Stelle wäre ich vorsichtig, Inken.

Also, schön. Game on, Alba. Game on.

DROHUNGEN UND NETIKETTE

Jasmin redet seit bestimmt zehn Minuten über Sonya. Ihre Eltern wollen, dass sie für eine Weile nach Norwegen kommt und bei ihnen wohnt, was mega wäre, meint Jasmin und schaut mich an. Ich habe noch keinen Ton von Mays Besuch gesagt, aber jetzt scheint Jasmin plötzlich einzufallen, dass ich auch ein Leben habe.

»Und?«, fragt sie gespannt, »wie ist es eigentlich gelaufen?«

Ich entdecke Alba, die ein Stück vor uns läuft.

»Gut«, sage ich kurz.

»Wie war sie?«

»Wer?«, versuche ich, Zeit zu gewinnen, und lasse Alba nicht aus den Augen.

»Wer wohl? May natürlich! Und Albertine! Erzähl schon!«

Jasmin redet viel zu laut. Das Schlimmste, was jetzt passieren könnte, wäre, dass Alba sich umdreht und Jasmin verrät, dass sie Albertine ist.

»Nett«, flüstere ich.

Jasmin bleibt stehen und schaut mich frustriert an.

»Was ist los mit dir, Inken?«

»Nichts«, antworte ich schnell, bücke mich und fummle an meinem Schnürsenkel herum, damit Alba weitergeht und nicht mitbekommt, worüber wir sprechen.

»Sieht sie in echt auch so gut aus wie auf dem Bild?«, will Jasmin wissen.

»Mhm«, sage ich und sehe zu Alba. Ihre Haare sind zottelig, sie steckt in einem lila Strickpulli und trägt einen Geigenkasten in der Hand.

»Albertine hat einen echt coolen Stil.«

Jasmin kneift die Augen zusammen.

»Cool, was heißt das?«

»Na ja, ein cooler Stil halt. Und sie war voll nett. Sie ist ein bisschen älter als wir«, lüge ich. »Und geht auf die Weiterführende am anderen Ende der Stadt. Wir haben uns stundenlang unterhalten.«

Alles frei erfunden, aber es fühlt sich so viel besser an als die traurige Wahrheit.

»Auf die Weiterführende«, sagt Jasmin träumerisch, dann wirft sie mir einen unsicheren Blick zu. »Bestimmt werdet ihr richtig gute Freundinnen.«

»Mhm«, sage ich. Alba hat inzwischen die Hügelkuppe erreicht.

Ich beobachte Alba den ganzen Schultag lang. Halte sorgsam Abstand zu ihr. Auch ihr Blick hängt an mir wie eine schwere Jacke. Sie hat garantiert bei Leo über mich gelästert, deshalb hat er meinen Beitrag gedislikt. Ich stecke einen Zettel in Albas Happy-Umschlag und beobachte ihre Reaktion, als sie den kurzen Text liest.
Du hältst die Klappe. Kein Wort zu irgendwem!
Sie nickt mir zu, als hätten wir eine geheime Absprache getroffen, bei der wir beide daran interessiert sind, sie einzuhalten.

»Ich hätte heute gerne noch mal zwei Minuten am Ende«, sagt Alba in der letzten Stunde zu Harald.

Schon wieder. Wie viele Minuten braucht sie eigentlich noch vor der Klasse?

Vor Albas zwei Minuten machen wir mit der Gruppenarbeit über Netikette weiter, was bedeutet, dass Alba und ich wohl oder übel am selben Tisch sitzen müssen. Alba hängt die ganze Zeit an Leos Lippen und lacht über alles, was er sagt, während sie mich anschaut, als wäre ich komplett zurückgeblieben. Wir rutschen mit unseren Stühlen noch näher zu Leo. Jetzt ist er zwischen uns eingequetscht wie ein Hamburger zwischen zwei Brötchenhälften. Ihm scheint das zu gefallen, er lächelt uns lässig zurückgelehnt an, erst mich und dann Alba. Alba redet davon, wie wichtig es ist, die Regeln für höflichen Umgang im Internet zu kennen, und schlägt vor, eine Übersicht im Klassenzimmer aufzuhängen, um Cybermobbing vorzubeugen.

»Korrektes Verhalten ist online genauso wichtig wie im echten Leben.«

»Voll«, nicke ich. »Es ist total wichtig, dass man anderen Verständnis entgegenbringt. Verständnis«, wiederhole ich, weil Papa mir genau diese Eigenschaft zugeschrieben hat, als er Alba und mich verglichen hat.

Alba sieht mich nicht an.

»Und als Inhaber von bestimmten Ämtern hat man eine besondere Verantwortung«, sagt sie und fingert an irgendetwas unter dem Tisch herum. »Egal ob man Regierungschef oder Wohlfühlagent ist. Stimmt's, Inken?«

Es ist merkwürdig, auf eine Frage zu antworten, wenn derjenige, der sie stellt, in eine völlig andere Richtung guckt, trotzdem stimme ich ihr zu. Mein Handy vibriert in der Tasche und ich checke es heimlich unter dem Tisch, damit Harald nichts mitkriegt. Es ist eine Nachricht von Alba.

Den anderen in der Klasse scheinen meine Vorschläge besser zu gefallen als deine.

Leo bietet an, eine PowerPoint für unsere Präsentation zu erstellen, während ich auf die drei Punkte starre, die sich unter Albas Nachricht bewegen. Anscheinend ist sie noch nicht fertig.

Wie es aussieht, werden also viele mich wählen.

Da tut die kleine Streberin, als könnte sie kein Wässerchen trüben, und schickt mir unterm Tisch Nachrichten, obwohl ich neben ihr sitze. Am liebsten würde ich ihr zurückschreiben: *Wie es aussieht, bist du komplett zurückgeblieben*, aber auf einmal sieht Alba mich an.

»Cybermobbing beginnt nämlich mit Worten«, sagt sie. »Und mit Drohungen. Und Lügen.«

»Drohungen, genau«, sage ich laut, denn anscheinend hat Alba völlig vergessen, was sie mir geschrieben hat. »Damit sollte man *besser vorsichtig sein*, Alba.«

Wir funkeln uns an Leo vorbei an. Es ist vollkommen still. Leo, der eigentlich Notizen machen soll, sitzt mit offenem Mund da und hat noch kein Wort geschrieben.

»Was ist los?« Er schaut zwischen Alba und mir hin und her, aber keine von uns kommt zum Antworten, denn plötzlich steht Harald an unserem Tisch und sagt, dass Alba jetzt ihre zwei Minuten nehmen kann, und im nächsten Moment steht sie wieder einmal vor der Klasse. Ich sehe die Umrisse ihres Handys in der Hosentasche.

»Als wohlbefindenssteigernde Maßnahme möchte ich gern ein kleines Konzert organisieren«, sagt Alba und schaut Harald an, der natürlich stolz strahlt.

»Und an was für eine Art Konzert hast du dabei gedacht?«, erkundigt er sich eifrig.

»An ein Geigenkonzert. Wir hatten tolle Konzerte an meiner alten Schule, aber da hatten wir ja ein Orchester. Das gibt es hier nicht, deshalb überlege ich, wie man es stattdessen machen könnte.«

»Musik kann ein wichtiges Mittel im Wahlkampf sein«, erklärt Harald. »Denkt nur an all die politischen Lieder, die im Laufe der Musikgeschichte entstanden sind.«

Mir fällt kein einziges Lied ein, trotzdem höre ich mich fragen, ob ich auch zwei Minuten bekomme. Bevor Harald antworten kann, erhebe ich mich von meinem Stuhl, und ohne zu wissen, was ich mit diesen zwei Minuten anfangen soll, stehe ich plötzlich vor der Klasse und schlage eine *Mamma Mia*-Disco für die große Pause vor, ebenfalls als wohlbefindenssteigernde Maßnahme. Harald schaut von Alba zu mir.

»Großartig, Mädchen. Der Wahlkampf ist in vollem Gange. Jetzt müsst ihr Jungs euch aber auch ein bisschen ins Zeug legen.«

Leo und die anderen Kandidaten rutschen auf ihren Stühlen herum.

»Es kann ja nicht sein, dass Inken und Alba allein kreativ werden.«

Ich hasse es, wenn Harald Inken und Alba zusammen im selben Satz sagt. Die Jungs machen weitere Vorschläge. Volleyballturnier, FIFA zocken, Wald-Rallye, Fußball. Das Letzte kommt von Leo. Alba lächelt ihn mit ihren Grübchen an.

Wie es aussieht, bist du ein bisschen sehr von dir selbst überzeugt, schreibe ich Alba und sehe, wie es in ihrer Hosentasche aufleuchtet. *Pass bloß auf,* schicke ich hinterher und stecke mein Handy in den Rucksack, als das Klingeln zum Schulschluss ertönt.

EIN UNGLÜCK KOMMT SELTEN ALLEIN

Viele sind begeistert von der Aktion mit den Happy-Umschlägen, wer freut sich schließlich nicht über eine nette Nachricht. Ich schreibe einen Zettel und falte ihn winzig klein, dann gehe ich zu Leos Umschlag. Er ist rot, genau wie Albas. Ich habe nur seinen Namen geschrieben und ein Herz dazu gemalt, hastig öffne ich den Umschlag und stecke den zusammengefalteten Zettel hinein.

Als ich mich umdrehe, sehe ich Alba. Sie lächelt. Lächelt mir ins Gesicht und es ist kein freundliches Lächeln. Keine Grübchen, ihre Augen sind dunkel. Wie viel hat sie mitbekommen? Ich tue so, als wäre ich mit etwas Hochinteressantem am Handy beschäftigt, während ich Alba im Blick behalte. Als sie nach einer Ewigkeit endlich geht, hechte ich zu Leos Umschlag, ziehe den zusammengefalteten Zettel heraus und stecke ihn ein.

Auf dem Nachhauseweg überholt mich Leo auf dem Fahrrad. Der Kies spritzt unter seinem Reifen weg, als er bremst, um auf dem steilen Stück bergab nicht die Kontrolle zu verlieren, und er schlenkert hin und her. Ich muss ihn unbedingt fragen, warum er meinen Beitrag gedislikt hat und ob Alba irgendwas zu ihm gesagt hat. Jetzt ist die Gelegenheit.

»Hiiiii«, sage ich und lächle mein Zuckerlächeln. Leo antwortet nicht. Er sieht mich nicht mal an, hält nur den Lenker fest und beugt sich nach vorn.

»Du, Leo, ich muss dich was fragen.«

Leo steigt nicht vom Fahrrad. So wie es aussieht, kann er nicht anhalten, weil er gerade an der steilsten Stelle ist.

»Leo!«, rufe ich ihm laut hinterher.

Es klingt wütend, das war gar nicht beabsichtigt, aber ein Stück weiter vorne habe ich Alba gesichtet und er soll lieber neben mir herfahren als neben ihr. Endlich dreht sich Leo um, schaut mich an und nimmt eine Hand vom Lenker. Und da passiert, was nicht passieren darf. Er gerät aus dem Gleichgewicht, das Rad verrutscht im Kies und Leo segelt über den Lenker, wie ein Vogel, der nicht fliegen kann. Und landet direkt auf Alba! Sie liegen übereinander auf dem Boden! Alba unten und Leo in perfekter Kussposition über ihr. Gefühlte achttausend Sekunden lang rühren sie sich nicht, aber dann ist ein Geräusch zu hören. Ich renne zu Leo und falle neben ihm auf die Knie.

»Alles okay?«, rufe ich. »Leo, bist du verletzt?«

Ein neues Geräusch. Eine Art Räuspern. Nein, Gelächter. Leo lacht. Gluckst und lacht und Alba liegt unter ihm und lacht auch. Mehrere andere sind um sie herum zusammengekommen und alle fangen an zu lachen. Was ist denn so lustig?

Leo steht auf und klopft sich den Staub von der Hose. Alba steht auf und lächelt Leo an. Mit rotem Gesicht und ihren dämlichen Grübchen. Alle wollen unbedingt wissen, wie es den beiden geht, das ist die reinste Gesprächstherapie. Was ist passiert? Wie fühlt ihr euch? Seid ihr okay? Ich höre den Klang der beiden Namen zusammen. Alba und Leo. Alba und Leo. Sie lächeln sich an.

»Alles gut«, sagt Alba und wird noch röter. »Mein Bein tut bloß so weh.«

Auf einmal sehe ich, wie ihr Blick sich ändert.

»Das war Inkens Schuld«, sagt sie kalt. »Sie musste Leo ja unbedingt hinterherschreien, als er gerade bergab gefahren ist, sonst wäre das nicht passiert.«

Plötzlich sind alle Blicke auf mich gerichtet. Ich schwitze unter meiner Cap. Versuche zu lächeln.

»Tut mir leid«, sage ich. »Das war keine Absicht.«

»Was wolltest du eigentlich von Leo?« Alba grinst schief. »Dasselbe, was du ihm auf den Zettel geschrieben hast?«

»Zettel?«, fragt Leo. »Was für ein Zettel?«

»Guck morgen mal in deinen Happy-Umschlag«, meint Alba. »Ich glaube, Inken möchte dir etwas mitteilen.«

Mein Gesicht ist garantiert genauso rot wie meine Cap, die Haut kribbelt.

»Darf ich bergrunter bei dir auf dem Gepäckträger mitfahren?«, fragt Alba. »Weil ich ja verletzt bin?«

Sie hält sich leidend das Knie. Ich hoffe, es tut richtig weh.

»Klar«, sagt Leo. »Ich fahr dich auch gern nach Hause.«

»Das ist aber lieb, Leo«, säuselt Alba und schaut mich an, während sie zu ihrem Fahrrad humpelt.

»Kein Problem«, sagt Leo.

Ich würde bis ans Ende der Welt auf diesem Gepäckträger mitfahren. Stattdessen muss ich zusehen, wie Alba sich hinter Leo setzt, die Arme um seinen Bauch schlingt und die Füße anhebt. Sie dreht sich um und lächelt mir zu. Mit Grübchen und leuchtenden Augen. Sie verschwinden den Hügel hinunter und in meinem Herzen war es noch nie zuvor so still.

ÜBERRASCHUNG!

Manchmal, wenn man denkt, schlimmer kann's nicht werden, geht es doch noch eine Nummer schlimmer. Das Unglück kann jederzeit eintreten, zum Beispiel an einem Dienstag. Einem scheinbar ganz normalen Dienstag. Aber ich hab's ja mit Dienstagen und dieser ist der vielleicht ungewöhnlichste von allen.

Eigentlich müsste ich Wahlkampf führen, trotzdem bin ich nach der Schule mit zu Jasmin gegangen. In den letzten Tagen hat sie kaum von Sonya gesprochen und ich vermisse es, mit ihr Zeit zu verbringen. Wir sitzen schon seit Stunden auf dem Bett und gucken Cora & Caitlin auf ihrem iPad. Es ist schön, auch mal Pause zu haben und nach Ewigkeiten wieder etwas mit Jasmin zu machen. Mein Handy liegt im Rucksack, und als ich es checke, sehe ich achtzehn entgangene Anrufe von Papa. Ich erstarre. Papa ruft mich nur an, wenn irgendwas ist,

nie einfach nur so. Ich will gerade zurückrufen, als eine Nachricht von ihm aufploppt.
Komm schnell nach Hause. Hab eine Überraschung für dich!

Was ist passiert? Hätte er die Nachricht nicht geschrieben, würde ich denken, er wäre im Krankenhaus oder tot, bloß dass man als Toter niemanden achtzehnmal anruft. Außerdem: Wäre etwas Schlimmes passiert, hätte er wohl eher nicht Überraschung geschrieben, oder? Überraschung – das Haus ist abgebrannt!

»Was ist los?«, fragt Jasmin und schaut auf mein Display.

Ich will den schwachen Verdacht nicht aussprechen, der mit jeder Sekunde stärker wird, nämlich dass es irgendwas mit Alba und May zu tun hat. Deshalb sage ich nur, dass ich zum Abendessen nach Hause muss, was ich sonst nie muss, weil Papa es mit dem Abendessen nicht so genau nimmt.

»Die Überraschung ist, dass ihr zu Abend esst?« Jasmin lacht und folgt mir in den Flur, wo ich mir die Schuhe anziehe.

Zu Hause sehe ich Mays Auto in der Einfahrt. Was haben sie hinter meinem Rücken ausgeheckt? Ich sehe Papa und May in der Küche, sie legt lachend den Kopf in den Nacken. Ich reiße die Tür auf und fliege fast über eine große schwarze Reisetasche. Im Flur stehen mehrere

Taschen, ein Karton mit Büchern und Ordnern und eine blaue IKEA-Tüte mit Kleidern. Das kann nichts Gutes bedeuten.

»Hallo?«, ruft Papa. »Bist du das, Inken?«

Ich antworte nicht. Stehe bloß da, immer noch mit der Jacke an, und entdecke etwas auf der Kommode, das mich mit Grauen erfüllt. Der Geigenkasten.

»Da bist du ja! Ich hab dich hundertmal angerufen. Na, bist du gespannt?«

Mein Blick wandert vom Geigenkasten, der mit Stickern von den Umwelthelden*innen beklebt ist, zu der bunten Jacke auf dem Stuhl im Flur. Sonst hängt das abgetragene hässliche Teil im Gang vor dem Klassenzimmer. Mein Puls pocht in den Ohren. Mir wird speiübel.

»Komm!« Papa legt den Arm um mich und zieht mich in sein Schlafzimmer. Zwei kleinere Taschen liegen auf seinem Bett, daneben stehen mehrere Plastiktaschen mit Bettzeug auf dem Boden. Papa hat seine ernste Gesprächsmiene aufgesetzt, die aber einem Lächeln weicht.

»May und Alba werden eine Weile hier wohnen«, sagt er und sieht mich gespannt an.

»Hier wohnen?«, rufe ich aus.

»Ja, nur vorübergehend. Sie haben einen Wasserschaden in ihrer Wohnung.«

»Das ist ein Scherz.«

»Keineswegs«, sagt Papa. »Es ist verheerend. Das Wasser hat alles zerstört. Sie konnten nur ein paar Sachen retten. Dort können sie vorerst nicht wohnen.«

»Aber bei uns schon, oder was?«

»Ja«, sagt Papa. »Sie sind doch gerade erst hergezogen und kennen noch kaum jemanden. Ist ja nur so lang, bis sie wieder in ihre Wohnung zurückkönnen. Oder etwas anderes finden.«

Kann mich bitte jemand aus diesem Albtraum wecken? Kann mich jemand in den Weltraum schicken oder auf eine einsame Insel im Pazifik? Egal, Hauptsache, weg!

Papas Lächeln erlischt.

»Ich dachte, du freust dich. Du hast doch dauernd vom Zusammenziehen gesprochen. Und inzwischen hast du Alba ja schon ein bisschen kennengelernt. Sie ist eine ganz Nette, das hast du selbst gesagt.«

Er schaut mich an.

»Das ist eine schlimme Situation für die beiden. Du glaubst nicht, welchen Schaden Wasser anrichten kann. Und vielleicht wird es ja ganz lustig, eine Weile das Zimmer zu teilen?«

Ich muss komplett umnachtet gewesen sein, als ich vorgeschlagen habe, May könnte hier mit ihrer Tochter einziehen.

»Menschen in Not muss man helfen«, sagt Papa, als ginge es um Flüchtlinge, die in einem Schlauchboot das

Meer überquert haben, um hierher zu unserem Reihenhaus zu gelangen.

Wäre ich nicht so wütend, würde ich anfangen zu heulen. Aber jetzt balle ich die Fäuste und fauche: »Und Alba? Wo ist die?«

Papa hebt erfreut die Augenbrauen. Als hätte ich gefragt, wo Alba ist, weil ich mit ihr spielen oder sie besser kennenlernen will. Er deutet mit dem Kinn auf meine Zimmertür.

»Alba ist da drin.«

DIE TERRORISTIN
IM SCHLAFZIMMER

Ich stehe vor der Tür zu meinem Zimmer wie eine Polizistin, die einen gefährlichen Terroristen aufgespürt hat und auf den richtigen Moment wartet, ihn zu schnappen. Sobald ich die Tür öffne, wird alles anders sein. Alba hat mein Zimmer besetzt. Sie atmet die Luft in meinem Zimmer. Hat sich dort eingerichtet. Vielleicht liegt sie in diesem Augenblick auf meinem Bett, auf meiner Bettwäsche, und verteilt überall ihre ekligen Bazillen. Mein grünes Buch liegt aufgeschlagen auf dem Nachttisch!

Ich drücke die Klinke runter, öffne die Tür und bleibe auf der Schwelle stehen, während ich den gegenwärtigen Aufenthaltsort der Terroristin lokalisiere. Das Fenster steht offen und für eine Sekunde flackert in mir die Hoffnung auf, dass Alba abgehauen ist. Auf Nimmerwiedersehen. Doch da piept plötzlich ihr Handy. Sie sitzt mit vorgebeugtem Oberkörper auf dem Schlafsofa, weil sie ihr iPad lädt und das Kabel zu kurz ist. Sie dreht sich nicht um, obwohl sie mich gehört haben muss. Ich weiß nicht, wo ich hinsoll. Mein Zimmer ist ja in Feindeshand. Alba tippt irgendwas in einer Gruppe, es sieht nicht nach unserer Klassengruppe aus. Ich erkenne Leos Profilbild. Alba reagiert mit einem Schwall Herzen auf einen Kommentar.

»Was machst du?«, frage ich leise, vorsichtig.

»Wahlkampf führen, was sonst«, antwortet Alba, ohne den Kopf zu heben. »Ich hab auch eine Gruppe. Glaubst du, du kämst als Einzige auf so eine Idee?«

Sie redet mit mir wie mit einer Dreijährigen.

»Da, guck!«

Sie hält mir ihr iPad hin. *Alba ins Amt.* Ich fasse es nicht. So eine Nachmacherin! Kommt sie demnächst auch mit rotem T-Shirt und Cap in die Schule? Mein aufsteigendes Lachen bleibt mir im Hals stecken, als ich haufenweise Kommentare und Herzen und lächelnde Smileys und klatschende Hände in ihrer Gruppe sehe. Ist es deshalb in der Inken-Gruppe so still geworden in letzter Zeit? Sind alle in die Alba-Gruppe übergelaufen?

Alba tippt auf einen ihrer Beiträge: ein Bild von ihr mit gerecktem Daumen in einem Manchester-United-T-Shirt. *Bereit für den Job*, hat sie dazugeschrieben.

»Dumm gelaufen mit Liverpool«, meint Alba und lächelt mit ihren bescheuerten Grübchen. »Das war ja echt ein Griff ins Klo.«

»Was meinst du?«, frage ich hart.

»Na ja, du hast *You'll never walk alone* als Slogan gewählt. Dabei ist Leo doch Manchester-Fan.«

Ich starre Alba mit offenem Mund an. Wie konnte ich verwechseln, für welches Team Leo ist? Hat er meinen Beitrag deshalb gedislikt? Mir ist nach Heulen zumute, aber wo sollte ich das tun? Bleibt mir jetzt nur noch die Flucht in den Kleiderschrank, wenn ich meine Ruhe haben will? Hastig schiebe ich das grüne Buch unter die Matratze, bevor Alba es entdeckt.

»Du wirst nicht damit klarkommen, dass meine Mum und ich hier wohnen«, fährt Alba fort, während sie etwas in ihre Gruppe schreibt. »Mal sehen, wie lange es dauert, bis du einen Nervenzusammenbruch kriegst. Wahrscheinlich keine fünf Minuten.«

»Ach ja?«, gebe ich zurück. »Sehe ich etwa aus, als würde ich gleich zusammenbrechen?«

Vermutlich schon, nach der erschütternden Liverpool-Enthüllung. Aber ich drücke den Rücken durch und blase mich zu einer stärkeren Inken auf.

»Du wirst als Erste zusammenbrechen.«

»Glaube ich kaum«, erwidert Alba trocken. »Wir werden ja sehen, wer von uns länger verbergen kann, was wir in Wahrheit davon halten, hier zusammenzuwohnen.«

»Ja, das sehen wir mal«, sage ich und schlucke. Das wird hart, aber ich werde schon dafür sorgen, dass Alba diesen Kampf verliert. Genau wie den Kampf ums Wohlfühlagentenamt. Bisher war schließlich ich die Verständnisvolle und sie die Fiese.

Papa erscheint in der Türöffnung.

»Na, alles gut bei euch?«

Alba setzt ein zuckersüßes Lächeln auf, mit Grübchen und allem, und legt den Kopf schräg.

»Alles bestens, Knut«, sagt sie herzallerliebst. »Inken und ich verstehen uns mega.«

May steckt ebenfalls den Kopf herein. Schaut uns sanft an und legt den Arm um Papa.

»Das ist aber schön«, antwortet Papa. Er klingt beinahe überrascht. »Alba, du meldest dich, wenn du irgendetwas brauchst, ja?«

»Es gibt dann auch bald Abendessen«, verkündet May, als wäre es die normalste Sache der Welt, dass sie für uns kocht. Als wäre es überhaupt nichts Besonderes, dass wir uns plötzlich zu viert die Luft in diesem engen Reihenhaus teilen müssen.

Nachdem die Erwachsenen zurück in die Küche gegangen sind, herrscht zehn Sekunden lang Schweigen. Aber dann schauen wir einander an.

»Zwischen uns herrscht Krieg«, zische ich.

»Ich bin bereit«, zischt Alba zurück.

DER DRITTE WELTKRIEG

Beim Essen spielen wir Friede, Freude, Eierkuchen und glückliche Familie. Dabei bekriegen wir uns unbemerkt. Alba starrt mich an. Ich trete ihr unter dem Tisch gegen das Bein. Alba streicht sich über die Wange, sodass ihr Mittelfinger auf mich zeigt.

»Magst du noch was, Inken?«, fragt May und spielt die nette Stiefmama.

»Ja, gern«, flöte ich. »Schmeckt sehr lecker!«

Alba sagt mit Schmeichelstimme zu Papa, dass unser Haus ja soooo gemütlich ist.

»Wir freuen uns, euch zu helfen, wo ihr so ein Pech mit der Wohnung hattet«, sage ich.

»Außerdem ist der Schulweg kürzer«, ergänzt Alba zufrieden.

Ich ringe mir ein Lächeln ab und schlage vor, dass wir ja zusammen laufen können, und kaum habe ich die Worte ausgesprochen, graut mir davor, morgen früh gleichzeitig mit Alba das Haus zu verlassen.

Die Erwachsenen lächeln. Die Erwachsenen halten Händchen. Die Erwachsenen checken gar nichts.

»Das ist ja ein witziges T-Shirt, Inken«, sagt May. Sie schaut Alba an, die in einem hässlichen Wollpulli steckt. »Ist das für die Wahl? Die Sache mit den Wohlfühlagenten? Das willst du doch auch werden, Alba?«

»Das habe ich vor, ja«, antwortet Alba und sieht mich an.

»Und machst du dir dann auch so ein T-Shirt?«, will May wissen.

»Nee«, sage ich. »Alba braucht so was nicht, die ist einfach nur sie selbst.«

Alba erklärt lang und breit, dass die Wahl demokratisch ablaufen soll und wir beide um das Amt der Wohlfühlagentin kämpfen. Papa und May hören hochinteressiert zu.

»Das heißt, wir sitzen mit zwei Kandidatinnen am Tisch?«, lacht May. »Dann werden wir uns hier ja gleich doppelt wohlfühlen!«

Alba und ich lächeln angestrengt.

»Zeig mal her, Inken«, sagt May. Und dann beginnt sie zu lesen. »Inken in sA...«

»Ja, die haben da einen Legastheniker in dem Druckshop«, erkläre ich und wiederhole die Geschichte von

Gunnar, wobei ich bemerke, dass Alba mir aufmerksam zuhört.

»Oder vielleicht auch nicht«, murmelt sie, als ich fertig bin.

Mir wird abwechselnd heiß und kalt. Was meint sie damit?

Alba bedankt sich herzlich fürs Essen. Sie räumt ihr Glas und ihren Teller ab und stellt die Sachen in die Spülmaschine, während Papa und May zufriedene Blicke tauschen.

»Und wie lange wollen die jetzt hier wohnen?«

Ich habe Papa für einen Moment im Bad für mich allein und versuche, beiläufig zu klingen, aber meine Wut bricht trotzdem durch. Papa schildert ausführlich, worum May sich jetzt alles kümmern muss: den Klempner anrufen, die Wohnungsbaugesellschaft kontaktieren, mit den übrigen Hausbewohnern sprechen. Ich höre nicht zu. Mich interessiert nur eine Sache. Wie lange muss ich es mit der fiesesten Stiefschwester der Welt in meinem Zimmer aushalten?

»Das kann sich schon mehrere Wochen hinziehen«, höre ich Papa sagen.

»Mehrere Wochen?!« Ich schlucke. »Bist du sicher?«

Das ist mein Todesurteil. Auf keinen Fall überlebe ich das mehrere Wochen lang. Ich überlebe das keine paar Tage. Keine paar Stunden.

Nach dem Abendessen dürfen wir eine Schüssel Knabberkram mit aufs Zimmer nehmen. Papa und May denken bestimmt, wir freunden uns gerade so richtig schön an. Sie sitzen im Wohnzimmer und schauen fern, verstehen aber natürlich, dass wir uns lieber zu zweit »amüsieren« möchten, wie sie es ausdrücken.

Es ist unmöglich, sich in Albas Nähe zu amüsieren. Ich bin eine Gefangene in meinem eigenen Zimmer. Tatenlos muss ich zusehen, wie Alba sich häuslich einrichtet, ein Kleidungsstück nach dem anderen aus ihrer Tasche zieht und in meinen Schrank legt. Als die Tasche leer ist, lässt sie sich auf das Schlafsofa fallen, das noch vor wenigen Stunden *mein* Schlafsofa war. Ich ziehe das grüne Buch unter der Matratze hervor und halte die Bettdecke darüber, damit Alba es nicht sieht. *Das überlebe ich nicht*, schreibe ich mit harten Buchstaben. *Das wird mein Tod!!!*

Alba holt ihr Handy hervor und lacht laut und nervig über irgendwas.

»Oooooooh«, macht sie und scheint zu wollen, dass ich nachfrage. Als ich nicht reagiere, folgt ein: »Oh, kraaaasss!«

Soweit ich sehen kann, liest sie in ihrer Gruppe.

»Vielleicht solltest du auch ein bisschen was für deinen Wahlkampf tun, statt faul im Bett rumzuliegen«, bemerkt Alba, ohne mich anzusehen. »Übrigens wollen voll viele bei der Strandreinigungsaktion mitmachen«, fügt sie hinzu und zählt auf, wer angeblich alles findet, dass Müll am Strand aufsammeln für Wohlfühllaune sorgt. »Und Leo«, endet sie mit dem letzten Namen einer langen Liste. Sie dreht sich um und grinst mich an.

Ich liege in meinem Bett, das in meinem Zimmer steht, und lausche auf die neuen Geräusche des Eindringlings. Wie Alba atmet. Wie sie sich auf die andere Seite dreht. Wie sie schnarcht. Ich kann mir nicht vorstellen, dass ich jemals wieder eine einzige Minute schlafen werde. Jedenfalls nicht, solange Alba hier wohnt. »Denk an etwas Schönes«, flüstere ich mir unter der Decke zu. Aber im Moment fällt mir beim besten Willen nichts ein.

WAS IST MIT ALBERTINE?

Ich schreibe Jasmin eine Nachricht, dass sie mich vor der Schule nicht bei Papa abzuholen braucht. Ich habe nicht vor, ihr zu erzählen, dass es sich bei der coolen Schwester Albertine in Wahrheit um die nervige Alba handelt. Solange Alba hier wohnt, darf Jasmin also unter keinen Umständen mehr vorbeikommen. *Ist ja voll der Umweg für dich*, schreibe ich, obwohl Jasmin mich bisher jeden Tag abgeholt hat. Jasmin antwortet, es macht ihr nichts aus, aber zum Schluss überzeuge ich sie, dass wir uns ab jetzt besser bei den Hügeln treffen.

Papa und May schauen Alba und mir von der Türschwelle aus nach, als wir uns auf den Weg machen. Wir tun, als ob wir zusammen laufen, und die Erwachsenen denken sich bestimmt, dass unser gemeinsames Wohnprojekt alle Erwartungen übertrifft. Aber sobald wir um die Ecke sind und sie uns nicht mehr sehen können, trennen sich unsere Wege. Ich bleibe eine Weile lang stehen und tue so, als ob ich am Handy beschäftigt bin, damit Alba genügend Vorsprung hat, bevor ich weiterlaufe.

Am Fuß des ersten Hügels steht Jasmin und wartet auf mich.

»Was war die Überraschung?«, fragt sie. »Hatte es was mit Albertine zu tun?«

»Mhm«, murmle ich. Das kann man laut sagen. Eine Riesenüberraschung. Ich schiele zu Jasmin, während mein Hirn auf Hochtouren läuft. Was soll ich ihr sagen?

»Also war sie gestern bei euch?«

»Mhm«, sage ich wieder.

»Was habt ihr gemacht?«

»Alles Mögliche«, nuschele ich.

Jasmin stöhnt.

»Ja? Und? War es schön?«

»Ja, war richtig schön.«

Da ich beschlossen habe, Jasmin nichts zu sagen, muss ich jetzt weiterspielen.

Und darum tische ich ihr auf, worüber Albertine und ich uns alles unterhalten haben, dass wir stundenlang in meinem Zimmer gesessen haben und sie heute Abend schon wieder kommt. Was ja sogar stimmt. Leider. Die Fantasiegeschichten verschaffen mir eine kleine Pause von allen Problemen. Fast glaube ich sie selbst, ein bisschen wie bei der Sache mit Gunnar.

»Hast du Fotos gemacht?«, fragt Jasmin.

»Nein«, sage ich, »aber in echt sieht sie noch besser aus als auf dem Bild, das ich dir geschickt habe.«

»Wie heißt sie? Mit Nachnamen?«

Jasmin zieht ihr Handy heraus. Will sie jetzt im Internet nach Bildern von der nicht existierenden Albertine suchen?

»Weiß ich nicht mehr genau«, sage ich und erkundige mich schnell nach Sonya. Wie es ihr geht, ob sie immer noch so viel facetimen, ob sie bald herkommt. Nur um Jasmin abzulenken.

In der letzten Stunde fragt Alba wieder nach zwei Minuten Redezeit. Harald lacht.

»Das werden so langsam aber ganz schön viele ›zwei Minuten‹. Aber okay, ich muss heute sowieso etwas früher weg, dann kannst du am Ende übernehmen. Oder muss ich dabei sein?«

Alba schüttelt den Kopf.

»Ich will der Klasse nur etwas mitteilen«, sagt sie sachlich, so als wäre sie bereits Wohlfühlagentin und wolle uns über eine neue wohlbefindenssteigernde Maßnahme informieren.

Nachdem Harald sich verabschiedet hat, weil er zum Zahnarzt muss, stellt Alba sich vor die Klasse. Alle wollen nach Hause, darum hört niemand wirklich zu. Da klatscht Alba in die Hände und sagt mit übertrieben lauter Stimme, dass sie sich wahnsinnig auf das Geigenkonzert freut und sie jetzt eine Lösung für die Durchführung gefunden hat. Es wird Playback geben und sie spielt dazu.

»Und dann wollte ich euch noch mitteilen, dass ich etwas rausgefunden habe.« Alba hat ihre Stimme gesenkt, als würde sie uns jetzt etwas sehr Wichtiges erzählen oder etwas verraten, das nicht für aller Ohren bestimmt ist. Im Klassenzimmer wird es still. Ein Geheimnis riechen alle auf zehn Meter Entfernung.

»Bei PremiumPrint arbeitet gar kein Gunnar. Ich hab auf der Homepage nachgeschaut und dort angerufen.« Ihr Blick wandert durch die Klasse. »Es hat dort nie einen Mitarbeiter mit dem Namen Gunnar gegeben. Wie erklärst du uns das, Inken?«

Mir schießt die Hitze ins Gesicht, meine Schläfen pochen. Die anderen drehen sich zu mir um. Jasmins Mund steht offen. Leo schüttelt den Kopf.

»Nee, oder?«, flüstert jemand. »Nicht ihr Ernst.«

Ich schaue Alba an. Sie ist nicht nur nervig, sie ist bösartig. Sie hat sich darauf gefreut, der Klasse das zu erzählen. Sie will um jeden Preis gewinnen.

»Ich denke nur, es wäre schön, wenn wir eine Wohlfühlagentin bekämen, die keine Lügen erzählt«, sagt Alba zufrieden und dann klingelt es.

ENTLARVT

Ich haste aus dem Klassenzimmer und die Hügel hinunter, während ich überlege, wie ich aus dieser Nummer wieder rauskomme. Jasmin ruft mir nach, aber ich tue, als würde ich sie nicht hören. Das mit Gunnar ist so peinlich, ich habe keine Ahnung, was ich machen soll. Ich muss mich verstecken. Oder halt. Was macht man, wenn man Regierungschef oder Präsident oder Wohlfühlagent oder sonst etwas Wichtiges werden will und richtig Mist gebaut hat? Sollte man nicht eine Erklärung abgeben?

Am Fuß des letzten Hügels holt Jasmin mich ein.

»Was war das eben?«

»Alba will mich um jeden Preis fertigmachen«, sage ich.

»Aber war das mit Gunnar echt gelogen?«

Ich sehe Jasmin an. Ich habe sehr viel mehr gelogen

als nur das mit Gunnar. Ich kann alles zugeben oder es abstreiten. Ich presse die Lippen aufeinander.

»Nein«, sage ich. »Ich dachte, er heißt Gunnar, aber ich hab mich wohl geirrt. Vielleicht hieß er Gunder? Oder Gunnleif?«

Jasmin hebt die Brauen.

»Inken«, sagt sie streng.

»Da war ein Legastheniker«, beharre ich. »Wie er heißt, ist doch wohl egal, oder?«

»Ich finde, das mit dem Wahlkampf läuft ganz schön aus dem Ruder. Es bringt doch nichts, sich zu bekriegen.«

Jasmin weiß nicht, wovon sie redet. Sie weiß nicht, welchen Krieg ich rund um die Uhr kämpfen muss. Wahrscheinlich sollte ich ihr alles erzählen, aber jetzt habe ich schon so viel zusammengelogen, dass es immer unangenehmer wird, alles zuzugeben. Ich *kann* das nicht zugeben!

»Jetzt gehen wir zu dir und entspannen uns ein bisschen«, sagt Jasmin.

»Nein«, rufe ich. »Nein, das geht nicht!«

»Weil du was mit Albertine machst?«

»Ja«, sage ich. Eine bessere Ausrede fällt mir nicht ein.

»Bitte«, antwortet Jasmin sauer. »Dann red halt mit ihr statt mit mir.«

Und dann dreht sie sich um und stapft ohne einen Blick zurück davon.

Zu Hause schließe ich mich mit meinem iPad im Bad ein. In meinem Zimmer sitzt ja Alba, deshalb ist das der einzige Ort, an dem ich meine Ruhe haben kann. Ich öffne die Inken-Gruppe und denke lange darüber nach, was ich schreiben soll. *Tut mir leid*, tippe ich nach einer Weile. *Ich habe vergessen, wie der Legastheniker hieß, sein Name war wohl doch nicht Gunnar. Aber das Wichtigste ist doch, dass Platz für alle ist und man sich nicht über Menschen lustig macht, die Probleme mit Rechtschreibung haben.*

Ich höre Alba in der Küche.

Außerdem denke ich, es wäre schön, wenn wir eine Wohlfühlagentin bekämen, die andere nicht in den Dreck zieht.

Ich poste den Beitrag und nach wenigen Sekunden kommen die ersten Reaktionen. Herzen und Likes. Ich habe immer noch Leute auf meiner Seite. Aber die wichtigste Person schickt nichts. Leo bleibt stumm.

DER SCHLIMMSTE MENSCH DER WELT

Alba quasselt von Wahlen und Demokratie und allem, was ihr so sehr am Herzen liegt, zum Beispiel Plastik im Meer und Mobbing. Papa findet, sie ist ein unglaublich reifes und reflektiertes Mädchen. Quasi die nächste Greta Thunberg. Gegen Plastik im Meer zu sein, ist genauso selbstverständlich, wie gegen Mobbing zu sein. Ich checke nicht, dass die Erwachsenen keine einzige Frage stellen.

»Hier ist es so gemütlich, Knut«, schleimt Alba. »Das Fischgratin ist wahnsinnig lecker, Knut.«

»Hahaha«, lacht sie über jeden noch so schlechten Witz der Erwachsenen.

Was, wenn Alba wirklich Wohlfühlagentin wird? Sorgt sie dann in der Schule für Wohlfühlatmosphäre und ist in der Freizeit der schlimmste Mensch der Welt? Läuft sie dann hier zu Hause auch in Weste rum, nur um es mir jeden Tag unter die Nase zu reiben?

Weck mich bitte jemand endlich aus dem schlimmsten Albtraum aller Zeiten, schreibe ich in mein grünes Buch. *Hiiiiiiiilfe!!!*

Kaum schließt sich unsere Zimmertür, verwandelt Alba sich in ein Biest. Dann ist sie plötzlich nicht mehr so sehr gegen Mobbing. Dann ist sie plötzlich nicht mehr so sehr dafür, lieber gar nichts zu sagen, wenn man nichts Nettes zu sagen hat.

Jetzt sitzen wir auf unseren Betten und versuchen zu verdrängen, dass die andere im Raum ist. Wir beobachten verstohlen, was die andere macht. Alba ist die ganze Zeit am Handy. Ich versuche rauszukriegen, aus welchen Ziffern ihr Sperrcode besteht, aber das ist leichter gesagt als getan. Sie kichert geheimnistuerisch, aber als ich keinerlei Interesse daran zeige, was sie treibt, beugt sie sich über ihren Geigenkasten und nimmt das Instrument heraus. Sie legt sich die Geige unters Kinn und streicht mit dem Bogen über die Saiten. Das Kratzen könnte jeden in den Wahnsinn treiben.

»Kannst du das lassen«, sage ich hart.

Alba sieht mich an.

»Äh, ich muss schon üben, Inken«, erwidert sie, »wenn es ein gutes Konzert werden soll. Geige spielen ist ziemlich schwierig, weißt du, Inken.«

Fängt sie jetzt an wie May und sagt in jedem Satz Inken, Inken, Inken?

»Dann mach halt«, knurre ich.

Alba tippt auf ihrem Handy herum und spielt eine Playbackmelodie ab, während sie Geige spielt. Leider klingt es ziemlich schön. Was, wenn es der Klasse gefällt? Was, wenn Leo beeindruckt ist?

Ich setze meine Kopfhörer auf und schaue Cora & Caitlin, die sich Gesichtsmasken aus Eiweiß machen, kann mich aber nicht konzentrieren, obwohl es kaum stumpfsinniger geht. Ich meine, hallo, sie schlagen Eischnee. Und schmieren ihn sich in die Gesichter. Sie lachen zusammen, sie sind Schwestern. Richtige Schwestern. Alba ist so weit davon entfernt, eine Schwester zu sein, wie es nur geht. Würde mich jemand fragen, wie ich mir die schlimmste Stiefschwester der Welt vorstelle, würde ich Alba vor mir sehen. Sie hat endlich mit der Fiedelei aufgehört und glotzt wieder auf ihr Handy.

»*You look amazing*«, sagt Cora zu Caitlin, ihr Gesicht ist voll weißem Schaum.

Ich zucke zusammen, als Alba mir plötzlich fest in den Arm piekt. Ich nehme die Kopfhörer ab.

»Gott, was schaust du dir da an?«, fragt sie.

Ich ziehe die Kopfhörer aus dem iPad und schalte noch lauter, nur um Alba zu ärgern. Sie schaut einen Moment Cora & Caitlin mit und schüttelt den Kopf.

»Was guckst du denn so?«, gebe ich säuerlich zurück.
»Die Tagesnachrichten?«
Alba hält mir ihr Handy hin. Sie ist auf der Seite der Umwelthel*innen.
»Minimal anspruchsvoller vielleicht«, sagt sie selbstsicher und kehrt zu meinem Schlafsofa zurück.
Ich schalte auf volle Lautstärke. Alba hält sich demonstrativ die Ohren zu. Kann sie nicht einfach rausgehen? Muss sie hier rumhocken und mich nerven?
Ihr Geigenkasten liegt immer noch auf dem Schreibtisch. Alba wird sich vor der Klasse großtun und glaubt auch noch, sie sorgt damit für Wohlfühllaune. Und wenn es ganz anders käme? Ich pausiere Cora & Caitlin und frage:
»Freust du dich schon aufs Konzert?«
Alba sieht mich überrascht an. Wenn sie denkt, ich interessiere mich ernsthaft für ihr Leben, hat sie sich getäuscht.
»Ja«, antwortet sie leise.
»Schön«, sage ich, während eine fiese Idee in meinem Kopf Gestalt annimmt.

HOHLE NUSS

Sechs Tage im selben Zimmer und dann, eines Abends, passiert es. Alba sitzt in die Decke gewickelt auf dem Schlafsofa und lacht ihr nerviges Lachen, während sie auf ihr Handy guckt.

»Oooooh«, haucht sie verträumt. »Woooow ...«

Da ruft May nach ihr, sie soll ins Wohnzimmer kommen. Und endlich ist die Welt mal wieder auf meiner Seite. Alba lässt unbedacht ihr Handy aufs Schlafsofa fallen, bevor sie aufsteht, um zu ihrer Mutter zu gehen. Als sie an meinem Bett vorbeikommt, lässt sie einen üblen Furz.

Ihr Handy! Ich stürze zum Schlafsofa, um es mir zu schnappen, bevor sich die Displaysperre aktiviert. Ich halte Albas Handy in der Hand und habe plötzlich vollen Zugriff auf alles. Ich gehe auf ihre Gruppe. *Alba ins Amt.* Ihr letzter Beitrag ist ein Anti-Mobbing-Video. Es wurde vor vier Minuten gepostet und hat schon zwölf Likes und mehrere Kommentare. Ich scrolle zurück, sehe all ihre Posts, all ihre Kommentare, Herzen und Likes. *Denkt dran, Wohlfühlagentin wird man nicht, man ist es!* Geht's noch! Das hab *ich* mir ausgedacht!

Ich erstelle einen neuen Beitrag in Albas Gruppe mit einem einzigen Wort. *Nachmacherin!!!* Binnen weniger Sekunden kommen mehrere Kommentare. *Was meinst du damit, Alba? Hä?* Ich überlege kurz, dann google ich das Bild von einer leeren Walnuss und poste es mit der Unterschrift: *Leider bin ich so hohl, dass ich die Ideen von anderen klauen muss.*

Es folgen etliche Kommentare. Aber da plingt Albas Handy plötzlich. Meine Hand zittert. Denn Alba hat eine SMS bekommen. Der Name leuchtet auf dem Display auf, schneidet mir ins Herz. *Bin mir nicht sicher*, steht da nur. Von Leo! Mit angehaltenem Atem klicke ich auf die Nachricht, scrolle nach oben, um zu sehen, weswegen sich Leo nicht sicher ist. *Wollen wir uns morgen treffen?*, hat Alba geschrieben. *Dann erzähle ich dir mehr.*

Ich gehe weiter zurück im Chat, er besteht aus etlichen Nachrichten von Alba an Leo, mehrere davon drehen sich um mich. *Die ist voll gestört. Inken ist so fake.* Leo hat nur mit *ok* und Smileys und ab und zu mal einem *for real?* geantwortet. Aber dann gefriert mir das Blut in den Adern. Vor mir auf dem Bildschirm sehe ich meine eigene Handschrift. Ich sehe Leos Namen in einem Herz und einen

Text, den ich aus meinem grünen Buch wiedererkenne. *Die Sache mit Leo.* Alba muss das grüne Buch unter meiner Matratze gefunden haben! Und heimlich daraus fotografiert haben! Schnappschüsse von meinem Seelenleben. Und die hat sie Leo geschickt! Von allen Menschen auf der Welt schickt sie es ausgerechnet Leo!

Ich höre Albas Gelächter aus der Küche, Papas Stimme. Da macht sie einen auf Fräulein-ach-so-toll mit gesunden Interessen, Weltretterin und Liebling aller Erwachsenen.

Das Handy wird schwer in meiner Hand, während ich auf das Foto des grünen Buches starre. Alba, die ja so sehr gegen Mobbing ist! Was bringt es, die Strände von Plastikmüll zu befreien, wenn man ein schlechter Mensch ist? Was bringt es, sich gegen Mobbing einzusetzen, wenn man selbst die schlimmste Mobberin von allen ist?

Was ist da auf der Badeplattform passiert?, schreibt Alba in einer Nachricht. *Was meinst du?*, hat Leo geantwortet. *Gar nichts ist passiert.*

Ich brenne innerlich! Ich koche. Das auf der Badeplattform hat Leo nichts bedeutet. Und ich dumme Kuh träume davon, die neue Victoria zu werden. Ich schluchze. Tränen schießen mir in die Augen. Ich stelle mir Alba mit ihren Grübchen und Leo beim Wohlfühlagentenkurs vor. Mit Übernachtung. Da kann alles Mögliche passieren. Mein Blut rauscht in den Ohren. Ich hasse Alba, diesen schlechten Scherz von Schwester, diese Schleimerin, dieses Fräulein-ach-so-toll mit den gesunden Interessen, das einfach angewalzt kommt und alles Schöne zerstört.

Vergiss das mit morgen, ich will dich doch nicht treffen, schreibe ich Leo von Albas Handy und drücke wütend auf *Senden. Kein Bock mehr auf dich.*

Die beiden Nachrichten stehen untereinander im Chatfenster und meine Hand zittert. Ich werfe das Handy zurück aufs Schlafsofa und höre es in kurzen Abständen dreimal hintereinander plingen. Was passiert, wenn Alba die Nachrichten an Leo sieht? Sie wird mich noch mehr hassen. Falls das überhaupt möglich ist.

Ich werfe mich aufs Bett und verkrieche mich unter der Decke wie eine Fünfjährige, die weiß, dass sie gleich Ärger kriegt. Denn jetzt höre ich Albas Schritte. Jetzt ist sie zurück im Zimmer, geht zum Schlafsofa. Ich rühre mich nicht. Spanne sämtliche Muskeln an in der Erwartung, dass sie gleich auf mich losgeht, mich schlägt, beißt und an den Haaren zieht. Aber Alba ist still. Alba ist eiskalt. Sie sagt kein Wort.

GEHACKT

Am nächsten Morgen laufe ich extra früh von zu Hause los, um Alba aus dem Weg zu gehen. Seit gestern hat sie kein Wort mehr mit mir geredet und mich keines Blickes gewürdigt. Sie ignoriert mich komplett. Aber sie brütet etwas aus. Das spüre ich durch die Stille.

Ich entdecke Jasmin am Fuß des ersten Hügels. Als sie mich sieht, hebt sie fragend die Arme. Sie hält ihr Handy in der Hand und ruft mir etwas zu. Was, verstehe ich nicht. Da fährt Leo auf dem Fahrrad an mir vorbei. Mein Bauch zieht sich zusammen beim Gedanken an die Nachrichten, die ich ihm von Albas Handy geschickt habe. Doch Leo dreht sich um und lächelt.

»Hi, Gunnar«, sagt er und lacht, ehe er wieder in die Pedale tritt und den Hügel hinaufstrampelt.

Jasmin hält mir ihr Handy vor die Nase und es dauert einen Moment, bis ich verstehe, was sie von mir will.

»Was ist das?«

Auf ihrem Display ist ein Bild von mir.

»Warum hast du das in deiner Gruppe gepostet?« Jasmins Stimme ist wütend. Ich verstehe rein gar nichts. Das Foto zeigt mich schlafend im Bett, mit offenem Mund und zerstrubbelten Haaren, in dem Schlafanzug, den ich heute Nacht anhatte. Ich reiße Jasmin das Handy aus der Hand, um das Foto näher zu betrachten. Ich habe ein Doppelkinn, in meinem Nasenloch hängt ein Klümpchen, das eigentlich nur ein Popel sein kann.

»Wo hast du das Bild her?«, frage ich Jasmin.

»Aus deiner Gruppe, Inken. Und die hier auch!«

Jasmin wischt über das Display. Es sind viele Bilder. Viele hässliche Bilder von mir. Ich mit der Hand in einer Chipstüte auf meinem Bett, ich mit fischgratinbekleckertem Oberteil. Sogar Bilder von mir als Kleinkind. In Windel, im Hochstuhl, das Gesicht mit Babybrei verschmiert, in Unterhose. *Wohlfühlagentin wird man nicht, man ist es*, steht über der Bildersammlung.

»Warum postest du diese peinlichen Bilder von dir?«, will Jasmin wissen.

»Das war doch nicht ich!« Meine Stimme zittert. »Glaubst du, ich bin total bescheuert?«

»Was weiß ich, wie bescheuert du bist«, erwidert Jasmin wütend. »Aber wer war es dann? Wer hat Zugriff auf deine Gruppe und kann in deinem Namen posten? Niemand außer dir.«

»Ich weiß nicht, was da passiert ist. Vielleicht bin ich gehackt worden«, sage ich und gehe in schnellem Tempo bergauf Richtung Schule.

Am Haupteingang stehen mehrere aus unserer Klasse und gucken auf ihre Handys. Als sie mich bemerken, öffnet sich die Gruppe und alle starren mich an. Sie feixen. Sie lachen. Leo hält sein Handy hoch und grinst mir ins Gesicht. Man kann es beim besten Willen nicht als Lächeln bezeichnen, es ist eindeutig ein Grinsen.

»Gut geschlafen, Gunnar?«, ruft jemand.

Ich halte Ausschau nach Alba, kann sie aber nirgends entdecken. Jasmin geht mit festen Schritten auf die Gruppe zu.

»Inken wurde gehackt«, sagt sie. »Eine andere Erklärung gibt es nicht.«

Unruhe macht sich breit. *Gehackt? Sie muss gehackt worden sein. Inken wurde vielleicht gehackt. Voll assi!*

Gerade haben sie mich noch ausgelacht, jetzt schlägt die Stimmung auf einmal um. Jetzt scheine ich ihnen leidzutun.

»Kann das Alba gewesen sein?«, fragt Marie leise. »Ich will keinen beschuldigen, aber ihr seid doch Konkurrentinnen.«

»Aber wie sollte sie Zugriff auf deine Gruppe kriegen und als du posten können?«, fragt Jasmin. »Und wo sollte Alba die alten Fotos herhaben?«

Ich sage nichts. Ich sehe vor mir, wie Alba klammheimlich das Haus durchsucht, während alle schlafen. Wie sie im Wohnzimmer umherschleicht und ein altes Fotoalbum aus dem Regal zieht. Jetzt kommt sie auf den Schulhof. Sie läuft auf den Eingang zu, bleibt aber jäh stehen, als sie unsere Gruppe sieht. Sie stellt sich ein Stück abseits und fummelt an ihrem Handy herum. Es klingelt und alle bewegen sich Richtung Eingang, während sie weiter darüber spekulieren, wie das mit den Bildern passiert ist.

»Alba hat ja auch merkwürdiges Zeug in ihrer Gruppe gepostet«, meint Marie. »Das Bild von der Nuss zum Beispiel. Was sollte das?«

Ich will gerade durch die Tür gehen, da höre ich Alba Leos Namen rufen. Er geht zu ihr und sie redet wild gestikulierend auf ihn ein, wobei sie in meine Richtung zeigt. Bestimmt versucht sie ihm das mit den Nachrichten zu erklären. Leo sieht wütend aus. Er gestikuliert auch beim Reden.

»Aber ich war das nicht, Leo«, sagt Alba laut. »Glaub mir, ich war das nicht!«

EINE IRRE MIT TEPPICHMESSER

So wie Alba die Sache mit den Nachrichten an Leo mit keiner Silbe erwähnt, verliere ich kein Wort über die Bilder in der Gruppe, ihren Hackerangriff. Ich wüsste ja gern, was Leo auf die fiesen Nachrichten, die ich ihm von Albas Handy geschickt habe, geantwortet hat. Doch Alba hat ihr Handy seitdem die ganze Zeit in der Hosentasche, ich kann also nicht nachsehen.

Ich verbringe den Abend damit, die *Mamma Mia*-Disco vorzubereiten, und Alba übt auf ihrer beknackten Geige, morgen ist nämlich erst Disco und dann Konzert. Glauben alle.

Ich suche nach meinem iPad, um alles, was Alba in meiner Gruppe gepostet hat, zu löschen, aber es liegt nicht wie sonst auf dem Nachttisch. Alba hat Noten über meinen gesamten Schreibtisch verteilt und stimmt gerade ihre Geige.

»Wo ist mein iPad?«, frage ich.

Alba zuckt mit den Achseln und streicht den Bogen mit einem kreischenden Geräusch über die Saiten.

»Wo ist mein iPad?«, wiederhole ich scharf. »Hast du es genommen?«

Alba hält inne.

»Was soll ich mit deinem iPad?«, gibt sie höhnisch zurück. »Glaubst du ernsthaft, dein Leben interessiert mich?«

Sie schaltet die Playbackmusik ein und beginnt zu spielen. Es klingt immer noch schön, aber dann rufe ich mir meinen Plan in Erinnerung. Den schrecklichen Plan. Ich betrachte Alba, die völlig in ihrer eigenen Welt versunken ist, und spüre ein Stechen im Magen.

Es ist unmöglich, eine Playlist für die *Mamma-Mia*-Disco zu erstellen, während Alba geigt. Das Bad ist dummerweise belegt, also setze ich meine Kopfhörer auf, höre *Dancing Queen* auf voller Lautstärke und versuche, mich zu konzentrieren.

Ich gehe noch mal den Plan für morgen durch, während ich Alba beim Spielen beobachte. Auf einmal legt sie die Geige weg. Ich stoppe die Musik und höre, dass Papa uns zum Abendessen ruft.

»Wir kommen!«, ruft Alba zurück und dann geht sie ins Wohnzimmer und sagt mit ihrer Schmeichelstimme, dass sie Tomatensuppe liebt, erst recht mit Makkaroni!

Nachts warte ich, bis mir Albas gleichmäßiger Atem verrät, dass sie schläft. Der Geigenkasten liegt auf dem Boden, vorsichtig nehme ich ihn hoch und schleiche mich hinaus auf den Flur. Ich horche, ob Papa und May auch wirklich schlafen, und als ich sie beide schnarchen höre, schleiche ich runter in den Werkzeugkeller. Ich greife mir ein Teppichmesser, scharf und wirkungsvoll. Vorsichtig öffne ich den Deckel des Geigenkastens, hebe die Geige heraus und streiche mit dem Finger über die Saiten. Lange halte ich zögernd das Teppichmesser in der Hand. Was ist nur aus mir geworden? Eine Irre, die nachts herumschleicht, um anderen zu schaden? Plötzlich muss ich an Mama denken. Was würde sie sagen, wenn sie mich jetzt hier sehen könnte? Ich denke an Jasmin und ihre Frage, ob ich es nicht langsam ein bisschen übertreibe mit dem Wahlkampftheater, ob mir das wirklich so wichtig ist. Soll ich Albas Geige zerstören, nur um Wohlfühlagentin zu werden? Gewinnt man so eine Wahl? Sorgt man so dafür, dass sich alle wohlfühlen? Ich streiche mit dem Teppichmesser über die Saiten, während ich daran denke, was Alba alles getan hat, um mir zu schaden. Alba, die angeblich nur sie selbst sein wollte. Die Fotos von meinem grünen Buch, die sie Leo geschickt hat. Die Bilder, die sie in meiner Gruppe gepostet hat. Dass sie mir Tag für Tag das Gefühl gibt, dumm und klein zu sein. Eine Saite reißt mit einem dumpfen Laut. Was ich da gerade tue, ist richtig übel. Das wird Konsequenzen haben. Das ist mir bewusst, trotzdem schneide ich weiter, während ich spüre, wie etwas in meinem Bauch aufwallt. Rachlust. Wut. Scham. Das Gefühl, nicht mehr aufhören zu können.

Als ich zurück ins Zimmer komme, liegt Alba auf die Seite gedreht. Ihr Mund ist etwas geöffnet und jeder Atemzug wird von einem leisen Pfeifen in der Nase begleitet. Sie sieht nett aus, wie sie da liegt. Es kommt mir vor, als würde ich Alba zum ersten Mal sehen, ein kleines, unschuldiges Mädchen mit braunen Haaren. Aber dann denke ich daran, dass das Monster bald erwachen wird und lege vorsichtig den Geigenkasten auf den Boden.

THE WINNER TAKES IT ALL

Ich bin nervös, als die *Mamma-Mia*-Disco endlich losgehen kann, obwohl meine Playlist fertig ist und ich mithilfe des Hausmeisters die Turnhalle so weit wie möglich zur Disco umdekoriert habe. Außerdem habe ich vorab mehrere Clips aus den *Mamma Mia*-Filmen in der Inken-Gruppe gepostet, um die anderen schon mal in Stimmung zu bringen. Alba steht mit mürrischem Gesicht in einer Ecke der Turnhalle. Sie hat die *Mamma Mia*-Filme bestimmt nicht gesehen und gestern hat sie mindestens vier Mal gesagt, dass Disco nicht ihr Ding ist.

Denk an etwas Schönes, habe ich mir heute Morgen beim Aufwachen gesagt und dann habe ich die Augen geschlossen und genau das vor mir gesehen, was jetzt stattfindet. Laute Musik, die Turnhalle voller tanzender Leute. Jasmin mit den Händen in der Luft. Leo, der fröhlich und ein bisschen verschämt in einem hellgrünen T-Shirt tanzt. Ich tanze an Alba vorbei, die an der Wand lehnt und aussieht wie eine Lehrerin, die am liebsten alle nach Hause schicken würde, damit sie früher gehen kann. Ich singe ihr aus voller Kehle ins Gesicht. »*The winner takes it all.*« Es ist ziemlich mies, aber Alba verdient es. »*The loser's standing small*«, singe ich.

Dann kommt das letzte Lied auf meiner Playlist. Ich habe es extra so geplant, dass ich genau dann, wenn der ruhige Song kommt, ganz zufällig in Leos Nähe tanze. Er ist rot im Gesicht. Keine Ahnung, ob vor Anstrengung oder weil ihm das Tanzen peinlich ist. Ich bewege mich möglichst unauffällig an ihn heran. Da tanzt plötzlich Alba, nachdem sie die ganze Zeit mies gelaunt an der Wand stand, direkt auf Leo zu. Als sie an mir vorbeikommt, stupst sie mich zur Seite. Bei jeder anderen hätte ich es für ein Versehen gehalten. Aber wir reden hier von Alba. Das war kein Versehen. Ich tanze noch näher an Leo heran. Alba auch. Leo weicht zurück. Wir rücken nach. Leo schaut uns an. Das Lied ist gleich vorbei.

»Chillt mal«, sagt er und hält abwehrend die Hände hoch. Und dann dreht er sich einfach um und geht zur Umkleide.

In der letzten Stunde ist Alba dran, für Wohlfühllaune zu sorgen. Ich weiß nicht, wie viele Stunden ich mir ihr Geübe für dieses Konzert anhören musste. Als sie vor die Klasse tritt, halte ich den Atem an. Der Geigenkasten liegt friedlich auf ihrem Tisch, während Alba ankündigt, was sie spielen wird. Irgendeine Symphonie anscheinend. Gerade habe ich ihr noch »*The Loser's standing small*« ins Ohr gesungen, jetzt spüre ich, wie meine Beine zittern. Wie lange soll das noch so weitergehen? Wann heben wir endlich die Hände und fordern einander auf, jetzt mal zu chillen, so wie Leo?

Alba überprüft den kleinen Lautsprecher, über den sie die Musik von ihrem Handy abspielen will. Plötzlich wirkt sie nervös. Sie zappelt herum, beschreibt, wie sehr sie ihre Geige liebt, schaut mich kein einziges Mal an dabei. Der Geigenkasten liegt immer noch auf ihrem Tisch. Ungeöffnet. Alba lächelt in die Runde und sagt, dass uns hoffentlich gefällt, was wir gleich hören werden. »Ich habe viel geübt«, fügt sie hinzu und dann geht sie zu dem Tisch.

Alba öffnet den Geigenkasten und erstarrt. Sie steht mit dem Rücken zur Klasse, ihrem schmalen Rücken, sie scheint nicht zu atmen. Doch dann erklingt ein Laut. Ein Schluchzen. Ein kurzes, deutlich vernehmbares Schluchzen. Sie dreht sich um und richtet den Blick direkt auf mich. Einige Sekunden lang starrt sie mich unverwandt an, ihre Mundwinkel zucken, ihre Augen sind groß und wuterfüllt. Und dann rennt sie los. So schnell sie kann. An den Tischen vorbei und zur Tür hinaus. Sie schlägt sie mit einem Krachen hinter sich zu. Alle können hören, dass sie auf dem Flur zu weinen anfängt, ein lautes, verzweifeltes Weinen. In der Klasse ist es totenstill. Harald geht zu Albas Tisch, nimmt die Geige aus dem Kasten und reißt die Augen auf.

»Mein Gott!«, sagt er schockiert, als er die Saiten sieht, die wie die Fäden einer Feuerqualle von dem Instrument hängen.

Niemand sagt etwas und ich sitze mucksmäuschenstill im Klassenzimmer und spüre, wie es in meinem Herzmuskel trommelt.

THE LOSER'S STANDING SMALL

Ich habe das restliche Geld, das ich von Papa bekommen habe, für Gummibärchen ausgegeben, die ich eigentlich verteilen wollte, nachdem Albas Geigenkonzert geplatzt ist, aber mir ist gerade gar nicht nach Wahlkampf zumute. Alba ist nirgends zu sehen. Mir ist schlecht. Was habe ich getan? Albas lautes, verzweifeltes Schluchzen hallt mir immer noch in den Ohren nach. Mir graut davor, nach Hause zu gehen.

Den Rucksack voller Gummibärchen, laufe ich über den Schulhof, Albas Geigenkasten in der Hand. Jasmin versteht nicht, warum ausgerechnet *ich* ihn ihr bringen muss, aber ich habe behauptet, Alba würde ganz in der Nähe von Papa wohnen und ich könne auf dem Rückweg bei ihr vorbeigehen.

»Du brauchst nicht mitkommen!«, sage ich zu Jasmin.

In meinem Rucksack erklingt der Nachrichtenton

meines Handys. Kurz darauf noch mal. Das ist garantiert Alba. Ich hole mein Handy heraus und kriege einen Schreck, als ich sehe, dass nicht sie, sondern Leo geschrieben hat.

Was läuft da zwischen dir und Alba?
Hör auf mit dem Scheiß, das ist voll gestört!!

Ich spüre ein Brennen in meiner Brust, ein Prickeln hinter den Augenlidern. Leo findet mich gestört. Am liebsten würde ich mich mitten auf dem Schulhof auf den Boden hocken und heulen.

Ich laufe schneller.

»Wer tut denn so was?«, sagt Jasmin und versucht, mit mir Schritt zu halten. »Glaubst du, Alba war es selbst? Um Aufmerksamkeit auf sich zu ziehen? Ziemlich durchgeknallt ist sie ja, oder?«

Ich schweige. Auch wenn ich sofort unterschreiben würde, dass Alba durchgeknallt ist, weiß ich nicht, was ich sagen soll. Bin ich nicht genauso durchgeknallt? Ich könnte nach Hause gehen und mich bei ihr entschuldigen. Aber dann müsste ich zugeben, wie bescheuert das alles ist. Wie bescheuert ich bin. Und das bringe ich nicht fertig.

»Soll ich noch mit zu dir kommen, nachdem du Alba die Geige gebracht hast?«, schlägt Jasmin vor.

»Kann nicht«, sage ich kurz.

»Weil du was mit Albertine machst?«, fragt Jasmin wie neulich schon.

Ich schlucke.

»Nein«, sage ich. »Ich muss ... Ich muss noch was erledigen.«

Jasmin sieht mich traurig an. Ihre Augen schimmern. »Du hast dich voll verändert, Inken«, sagt sie. »Irgendwie bist du so ... egoistisch geworden.«

Was soll ich darauf antworten? Jasmin hat ja recht. Ich hole eine Tüte Gummibärchen aus dem Rucksack.

»Magst du?«, frage ich, als wären wir fünf und Gummibärchen ein Allheilmittel.

Jasmin schüttelt den Kopf. Sie blinzelt schnell.

»Ich dachte nur ...«, sagt sie mit belegter Stimme, »wir zwei wären ...«

Sie holt tief Luft. Gleich fängt sie an zu weinen.

»Ich dachte, wir wären Schwestern. Aber das hast du anscheinend vergessen, weil du jetzt jemand Besseres gefunden hast. Eine, die hübscher und cooler ist als ich und auf die Weiterführende geht! Und ihr amüsiert euch bestimmt prächtig zusammen und du denkst keine Sekunde mehr an mich. Aber ich denke an dich!« Jasmin schluchzt. »Mit Sonya ist es überhaupt nicht dasselbe, falls du das denkst. Ich vermisse dich die ganze Zeit!«

Und dann rennt sie davon, mit wehenden Haaren. Sie verschwindet um die Ecke, während ich mit Albas Geigenkasten in der Hand auf dem Gehweg stehe und feststelle, dass es angefangen hat zu regnen. Ziemlich heftig sogar. Es prasselt auf meine Cap, das T-Shirt klebt mir am Rücken. Ich rühre mich nicht, lasse die Tropfen auf mich prasseln, als hätte ich gerade nichts Besseres verdient, als nass zu werden und zu frieren.

Und dann laufe ich los, nicht zu Papas Reihenhaus, sondern in eine völlig andere Richtung.

Ich laufe und laufe und laufe, bis ich zu Hause bin. Zu-Hause-bei-Mama-zu-Hause. Die Fenster sind dunkel und ich spüre, wie sich alles in mir zusammenzieht. Mamas Fahrrad steht abgeschlossen im Fahrradständer vor dem Haus. Ich streiche mit der Hand über den Sattel. Schaue durchs Fenster, in den dunklen Flur. Ich setze mich auf die nasse Treppe und lasse mich vollregnen. Seit Mama weg ist, habe ich kein einziges Mal geweint, aber jetzt tue ich es, weil plötzlich einfach zu viel zusammenkommt. »Denk an etwas Schönes«, schluchze ich, denn das würde Mama mir jetzt raten. Aber wie soll man an etwas Schönes denken, wenn alles in Scherben liegt? Ich bleibe lange auf der Treppe vor dem dunklen Haus sitzen, und als ich schließlich aufstehe, um zu Papa zu gehen, wird mir klar, dass es so nicht weitergehen kann. Das muss ein Ende haben.

UNENTSCHIEDEN

Alba liegt reglos auf dem Schlafsofa. Ich bleibe eine Weile in der Tür stehen und schaue sie an. Sie hat die Decke so hochgezogen, dass nur ein paar Haarsträhnen hervorlugen. Ich schleiche ins Zimmer und lege leise den Geigenkasten auf den Schreibtisch. Alba dreht sich auf die Seite und ich erstarre. Ich weiß nicht, wann sie vorhat, mich wegen der Geige anzuschreien. Wann sie sich auf mich stürzen, mich schlagen, treten, beißen, an den Haaren ziehen, kratzen wird. Vielleicht jetzt.

Ich stehe mit klopfendem Herzen da und warte auf den Sturm. Denn gerade verdiene ich Sturm. Ich öffne das Nachrichtenfenster mit Jasmin und will anfangen zu tippen, doch da ... Glasscherben. Um mein Bett herum liegen Glasscherben. Vorsichtig, um nicht daraufzutreten, tappe ich zu meinem Bett. Wo kommen die her? Alba regt sich, ich spüre, dass sie mich beobachtet.

Ich ziehe meine Decke zur Seite und da liegt mein iPad. Ohne Display.

Ich drehe mich um. Alba zieht schnell die Decke über den Kopf. Vielleicht hat sie genauso Angst vor Sturm. Ich halte das zerstörte iPad in der Hand und warte darauf, dass der Zorn in mir hochbrodelt. Aber nichts passiert. Ich habe Albas Geige kaputt gemacht, sie hat mein iPad kaputt gemacht. In gewisser Weise herrscht Unentschieden. Wir sind beide schuld. Und wir haben beide verloren. Also tue ich das einzig Mögliche. Ich hole einen Besen und fege die Glasscherben auf, damit sich niemand schneidet. Ich mache einfach sauber.

»Na, mein Schatz«, sagt May. »Wie lief das Konzert?«

Alba sitzt mir gegenüber am Tisch und stochert in ihrer Lasagne. Wir spielen wohl oder übel glückliche Familie, die sich nach diesem Tag voller Wohlfühlmomente mit Konzert und Disco ein besonders leckeres Abendessen schmecken lässt.

»War es schön?«

Alba schweigt. Wenn sie erzählt, dass die Saiten ihrer Geige kaputt sind, werde ich erzählen, dass sie mein iPad kaputt gemacht hat. Sie weiß, dass sie den Mund halten muss.

»Das Konzert war mega«, höre ich mich sagen. »Alba hat richtig gut gespielt.«

Alba schaut mich überrascht an.

»Hab ich's doch gewusst!«, ruft May begeistert. »Sei nicht so bescheiden, Alba.« Stolz schaut sie Papa an. »Also waren die anderen aus der Klasse beeindruckt? Das hast du dir doch gewünscht. Die andern zu beeindrucken.«

Alba macht ein verlegenes Gesicht.

»Wir waren total beeindruckt«, lüge ich.

May lächelt zufrieden.

»Und die ABBA-Disco, Inken? Hatten alle Spaß?«

»Die war auch mega«, kommt es plötzlich von Alba. »Alle haben getanzt.«

Unentschieden. Schon wieder.

»Was haben wir für tolle Mädchen«, sagt May zu Papa. »Die Discos organisieren und Konzerte geben und für Wohlfühllaune sorgen.«

Sie legt ihre Hand auf Papas.

»So tolle Mädchen.«

EIN SCHLIMMER MENSCH

Es kommt mir wie eine Ewigkeit vor, seit ich zuletzt mit Mama geredet habe, und jetzt schreibt sie mir, dass sie heute um sechs Uhr anrufen kann.
»Du verschwindest aus meinem Zimmer, wenn Mama anruft«, sage ich zu Alba.
Ich klinge wütend, wie ein kläffender Hund. Aber ich will nicht, dass Alba auf dem Schlafsofa liegt und zuhört, wie ich mit Mama rede, auch wenn unsere Telefonate nicht gerade spannend sind. Alba wirft mir einen müden Blick zu, steht vom Sofa auf und verlässt leise das Zimmer, ohne die Tür zu schließen. Seit der Sache mit der Geige hat sie immer noch kein Wort mit mir gesprochen. Ich höre sie zu May sagen, dass sie ein bisschen rausgeht.
»Triffst du dich mit jemandem?«, fragt May und ich spitze die Ohren. Alba gibt keine Antwort. »Mit einer Freundin?«

Ich husche zum Türspalt, um das Gespräch zu belauschen. Was, wenn Alba sich mit Leo trifft?

»Und wer sollte das sein?«, sagt Alba schnippisch zu ihrer Mutter. »Meine beste Freundin, oder was? Glaubst du, die existiert? Glaubst du im Ernst, ich hätte auch nur eine einzige Freundin?«

Dann knallt die Haustür und sie ist weg.

Alba hat keine einzige Freundin? Wenn ich so darüber nachdenke, kann ich mich tatsächlich nicht erinnern, dass sie mal jemanden erwähnt hätte. Grübelnd setze ich mich aufs Bett und zucke zusammen, als Mama endlich anruft, obwohl ich doch darauf gewartet habe.

»Inger Karin!«, ruft Mama. »Wie gehts dir, mein Schatz?«

Ich weiß nicht, was ich antworten soll, obwohl es eigentlich völlig klar ist.

»Nicht so toll«, sage ich.

»Das ist schön«, sagt Mama.

Bestimmt hat sie nur das letzte Wort gehört. Es knistert in der Leitung.

»Und Papa?«, fragt Mama.

Ich schmeiße ein Kissen vom Bett.

»Dem geht's richtig schlecht.«

»Sehr schön«, sagt Mama wieder.

Was bringt es überhaupt, dass sie anruft? Wenn sie kein Wort versteht?

»Warte kurz«, sagt Mama.

Ich höre nur lautes Rauschen. Dann wird es plötzlich still und im nächsten Moment ist wieder Mama zu hören, klar und deutlich.

»Jetzt besser?«

Mama erzählt von ihrer Forschung, wie spannend alles ist, wie viele nette Menschen sie schon kennengelernt hat, wie anders alles ist als zu Hause in Norwegen.

»Kann ich zu dir kommen?«, rutscht es mir heraus.

Meine Kehle ist wie zugeschnürt, gleich fange ich an zu heulen. Gerade wäre ich überall lieber als hier, selbst auf einer einsamen Insel mit Strohhütten und null WLAN.

»Aber, Schatz«, sagt Mama. »Du musst doch zur Schule.«

Ich breche in Tränen aus.

»Mäuschen, was ist denn los?«, fragt Mama. »Gehts dir nicht gut?«

»Nein«, rufe ich. »Mir geht es überhaupt nicht gut!«

Und dann erzähle ich alles. Von May und Alba. Von Jasmin, die findet, ich hätte mich verändert und wäre egoistisch geworden. Von Leo, der findet, ich bin gestört. Vom Wahlkampf und den fürchterlichen T-Shirts. Sogar von Gunnar, den es gar nicht gibt.

»Alba hat mein ganzes Leben eingenommen«, schluchze ich. »Und ich bin voll der schlimme Mensch geworden.

Du wärst total schockiert! Ich hab so schlimme Sachen gemacht. Nur um Wohlfühlagentin zu werden. Jemand, der dafür sorgen soll, dass die Leute sich wohlfühlen.«

Ich heule ins Telefon.

»Kannst du nicht einfach wieder nach Hause kommen? Kannst du nicht einfach …«

Ich höre ein Geräusch und drehe den Kopf. Kann nicht weiterreden. Denn in der Türöffnung steht Alba. Und ich habe das starke Gefühl, dass sie schon eine Weile dort steht. Sie blickt mich ernst an.

»Mein tolles, starkes Mädchen«, sagt Mama.

Ich fühle mich nicht stark. Ich fühle mich nicht toll. Ich fühle mich winzig klein. Ohne einen Muskel im Körper.

»Ich glaube, ich muss mal mit Papa reden«, sagt Mama.

»Nein«, rufe ich. »Der wird das nicht verstehen. Ich vermisse dich bloß so.«

In der Leitung knistert es, dann ist Mama weg. Ein langer Pfeifton und dann nichts. Ich sitze mit meinem Handy im Schoß auf der Bettkante, Alba sagt immer noch kein Wort. Wahrscheinlich hat sie das Gespräch gefilmt und lädt es gleich in ihrer Gruppe hoch. *Jetzt seht euch die Wohlfühlagentin an. Seht euch an, wie sie zusammenbricht und alles gesteht. Seht euch das Mamakind an.*

Ich drehe mich zu Alba.

»Ich weiß, du findest mich dumm und oberflächlich«, sage ich, denn jetzt hat Alba sowieso alles gehört. »Und armselig, weil ich nicht so löbliche Interessen habe wie du, die alle Erwachsenen so unglaublich sinnvoll finden.«

Alba schweigt immer noch.

»Und dass ich alles tun würde, um beliebt zu werden. Bescheuerte Dinge. Schlimme Dinge.«

Ich sehe sie an.

»Aber das tust du auch, Alba. Auch wenn du es nicht glaubst.«

Sie schaut mich auf eine Weise an, die ich nicht von ihr kenne.

»Du hältst dich für so großartig und gerecht und bist gegen Mobbing. Aber das gilt anscheinend nur für bestimmte Leute und ich zähle jedenfalls nicht dazu. Und ich bin das alles so leid, ich kann nicht mehr«, sage ich, meine Stimme bricht. Denn ich kann wirklich einfach nicht mehr.

Langsam wird mir angst und bange, was Alba wohl aussinnt, während sie so dasteht. Was sie mir gleich an den Kopf werfen wird. Ich zucke zusammen, als plötzlich ihre Stimme erklingt.

»Eigentlich«, sagt sie und denkt lange nach, ehe sie fortfährt, »eigentlich sind wir ja einer Meinung.«

Ich schaue sie überrascht an.

»Wir wollen dasselbe. Wir wollen beide Wohlfühlagentin werden. Und wir wollen beide hier raus.« Sie zeigt mit einer kreisenden Armbewegung auf die Gefängniszelle von Zimmer, die wir uns notgedrungen teilen.

»Und um das zu erreichen, sollten wir zusammenarbeiten. Nicht um Wohlfühlagentinnen zu werden, sondern damit das hier ein Ende hat.«

Was meint sie damit? Ich traue mich nicht, nachzufragen. Sie klingt ausnahmsweise nett, was mich extrem misstrauisch macht.

»Dazu müssen wir im Grunde nur eins tun: die zwei auseinanderbringen, richtig?«

Alba lächelt. Mit ihren Grübchen.

»Statt fies zueinander zu sein, könnten wir fies zu *ihnen* sein.«

Das ist das Klügste, was ich je aus Albas Mund gehört habe.

»Meinst du das ernst?«, frage ich vorsichtig.

Alba nickt.

»Vollkommen«, sagt sie. »Wenn wir eins können, dann ja wohl fies sein.«

DIE ANTIWOHLFÜHLAGENTINNEN

Alba schreitet im Zimmer auf und ab.
»Wir müssen Maßnahmen ergreifen«, sagt sie mit sachlicher Politikerstimme. »In gewisser Weise läuft es ähnlich wie unser Wahlkampf, nur müssen wir uns jetzt Maßnahmen überlegen, die das Gegenteil von Wohlfühlstimmung bewirken.«

Da Alba und ich in letzter Zeit ohnehin nicht gerade für Wohlfühllaune gesorgt haben, sollte das kein größeres Problem darstellen. Alba holt einen Block aus ihrem Rucksack, setzt sich neben mich aufs Bett und notiert:

Antiwohlfühlmaßnahmen für zu Hause

»Wir brauchen eine Strategie, das ist wichtig«, sagt sie und dann hält sie einen langen Vortrag, angefangen bei ihrer Tätigkeit im Schülerrat bis hin zu den Umweltheld*innen, wie sie sich Ziele gesteckt und dafür gearbeitet haben, sie zu erreichen. Noch vor fünf Minuten hätte sie mich damit in den Wahnsinn getrieben, aber jetzt höre ich ihr aufmerksam zu. Es passt mir ausgezeichnet, dass Alba eine übereifrige Minipolitikerin ist, wenn das Ziel darin besteht, sie loszuwerden.

Alba meint, wir müssen alles sammeln, was unsere Eltern ärgert, und sorgfältig Aktionen planen, die ein weiteres Zusammenleben unmöglich machen.

Alba ist vielleicht nicht die geborene Wohlfühlagentin, aber als Antiwohlfühlagentin hat sie's echt drauf.

Alba zählt auf, was May ärgert, was sie nicht ausstehen kann und was ihre Schwächen sind. Ich lausche schweigend und schreibe fleißig mit.

»Außerdem hatte ich schon viel zu viele Stiefväter für meinen Geschmack«, sagt Alba. »Mama kann nämlich keine fünf Minuten allein sein. Sie muss immer irgendeinen Typen haben. Und die haben dann häufig Kinder, mit denen ich mich ganz super verstehen soll.«

Alba stöhnt.

»Hattest du schon viele Stiefgeschwister?«

Ich schüttle den Kopf.

»Gar keine?«

»Nein«, sage ich. »Bisher nicht. Du bist meine erste Schw–, äh, Stiefschwester.«

Mir wird warm. Um ein Haar hätte ich sie Schwester genannt, obwohl sie die Letzte wäre, die man sich als Schwester wünschen würde.

Alba nickt ernst, dann grinst sie. »Erzähl von deinem Vater.« Sie schnappt mir den Schreibblock aus der Hand. »Was ist sein größter Horror?«

Ich erzähle, dass Papa der langweiligste und altmodischste Mensch der Welt ist und, jedenfalls soweit ich weiß, nach Mama nie eine Freundin hatte. Bis May aufgetaucht ist.

»Plötzlich lief er in bunten Klamotten rum und wollte zum Yoga und so.«

Alba lacht.

»Und er hat Pizza mit Gurke drauf gemacht, weil deine Mutter Vegetarierin ist.«

Plötzlich fällt mir ein, was ich zu Papa gesagt habe. Dass ich ihn viel lieber mag, seit er verliebt ist. Und jetzt sitze ich hier und schmiede böse Pläne, um ihm alles kaputt zu machen.

»Was noch?«, will Alba wissen und lächelt.

Ich schiebe das schlechte Gewissen beiseite und zähle weitere Schwächen meines Vaters auf. Wenn das nötig ist, um Alba loszuwerden, ist es das allemal wert.

Es klopft an der Tür und Papa steckt den Kopf herein. Er lächelt, als er uns so verschworen nebeneinandersitzen sieht, die zwei Stiefschwestern, die ihre Geheimnisse miteinander teilen.

»Es gibt Limo und was zu knabbern«, sagt er. »Ich wollte nur fragen, ob ihr auch wollt?«

Alba und ich tauschen einen Blick. Auch wenn das hier kein gemütlicher Abend im eigentlichen Sinn ist, schadet es nicht, wenn wir Chips essen und Limo trinken, während wir fiese Pläne schmieden.

»Was macht ihr gerade?«, fragt Papa und versucht einen Blick auf den Block zu erhaschen, der aufgeschlagen in Albas Schoß liegt.

»Wir planen wohlbefindenssteigernde Maßnahmen«, sagt Alba sachlich und legt die Hände über die Punkte, die wir bisher notiert haben.

»Ah.« Papa zwinkert uns zu. »Dann plant mal schön weiter!«

Wir sitzen bis spät in die Nacht zusammen. Als die Chipsschale leer ist und wir in unseren Betten liegen, ohne die Zähne geputzt zu haben, flüstert Alba vom Schlafsofa aus: »Schlaf gut.«

Es sind nur zwei Wörter. Zwei ganz einfache Wörter. Aber sie kommen so plötzlich, dass ich keine Antwort herausbringe.

Ich bleibe wach und denke nach. Über Alba, die ohne fies zu sein über Dinge gelacht hat, die ich erzählt habe. Über die Punkte auf dem Block. Über alles, was wir geplant haben, um dieses unmögliche Elternpaar auseinanderzubringen.

Denk an etwas Schönes, sage ich mir im Stillen und

stelle mir vor, dass Alba und May ausziehen. Dass Jasmin und ich wieder Freundinnen und Schwestern werden. Dass Mama nach Hause kommt. Dass Leo mich nicht gestört findet, sondern süß. Dass ich Wohlfühlagentin werde. Lauter sehr schöne Gedanken.

»Schlaf du auch gut«, flüstere ich ins Zimmer. Aber Alba ist schon eingeschlafen.

KOMMT GLÜCKLICHE FAMILIE SPIELEN!

Am nächsten Morgen sieht Alba mit der Wimperntusche und der Foundation völlig verändert aus. Wir haben eine extradicke Schicht aufgetragen, weil May nicht möchte, dass Alba sich so doll schminkt wie manche Mädchen, das hat sie schon oft zu ihr gesagt. Papa ruft uns zum Frühstück. Rührei und Tee, kommt essen! Kommt so tun, als wäre alles in schönster Ordnung! Wir schauen uns an, wie um zu sagen: *Auf die Plätze, fertig, los! Aktion läuft.*

Papa und May sitzen nebeneinander am Küchentisch. May streichelt Papa zärtlich über den Arm.

»Guten Morgen, Mädchen«, begrüßt sie uns gut gelaunt, als wir uns zu ihnen an den Tisch setzen. Doch dann fällt ihr Blick auf Alba.

»Was ist mit deinem Gesicht?«, fragt sie. »Bist du in den Tuschkasten gefallen?«

Alba senkt den Kopf. Ich habe keine Ahnung, was sie plant, aber es sieht aus, als ob sie traurig spielt.

»Inken hat gesagt, ich bin hässlich ohne Schminke«, murmelt sie.

Wow, das ist fies, aber genial. Mays Augen verengen sich zu Schlitzen.

»Das ist nicht dein Ernst«, sagt sie laut und zieht ihre Hand zu sich. »Inken, das hast du nicht zu Alba gesagt?«

Papa sieht mich erschrocken an. Sie sind geschockt, sie wollen Antworten. Ich atme tief ein, denn dieses Spiel muss ich jetzt mitspielen.

»Nicht direkt hässlich«, sage ich, »aber *mit* Schminke ist sie hübscher.«

Ich sehe ein Lächeln um Albas Mundwinkel zucken, ehe sie sich schnell wieder aufs Traurig-Aussehen konzentriert. Sie spielt ihre Rolle echt gut. Man könnte glatt denken, sie fängt gleich an zu weinen.

»Ich glaub, ich hör nicht recht!«, ruft May. »So was Oberflächliches! Wie kannst du denn so was sagen?«

»Die meisten Leute sehen ja geschminkt besser aus«, wende ich ein. »Ein bisschen würde dir auch nicht schaden.«

Alba reißt beeindruckt die Augen auf. Das war schon echt grenzwertig gerade, aber der Zweck heiligt die Mittel.

»Inken!« Papa legt seine Hand auf Mays, aber sie zieht sie gereizt weg.

»Lässt du einfach zu, dass deine Tochter uns so kritisiert?«, sagt sie laut.

Papa zögert. Er ist konfliktscheu, wie ich Alba gestern erzählt habe. Er erträgt es nicht, wenn jemand sauer auf ihn ist.

»Hallo, Knut, sagst du vielleicht auch mal was?« Jetzt klingt May richtig wütend.

»Dafür findet Alba, dass ich dumm bin«, erwidere ich und bemühe mich, genauso traurig auszusehen wie Alba. »Sie hat gesagt, ich wäre zurückgeblieben und oberflächlich. Und dass ich mich nicht genug für wichtige Themen interessiere, Klimawandel und Mobbing und Politik und so.«

Ich klinge richtig schön weinerlich.

»Alba!«, sagt Papa. »Hast du das wirklich zu Inken gesagt?«

»Ja«, antwortet Alba achselzuckend. »Denn sie ist ja offensichtlich nicht die Hellste. Ich denke, das wisst ihr auch, es traut sich bloß keiner, das offen auszusprechen.«

Oh, Alba ist gut! Ich wusste ja, dass sie richtig fies sein kann, aber jetzt, da wir im selben Team spielen, muss ich zugeben, dass ich beeindruckt bin.

»Sag doch was, Knut«, sagt May ratlos. »Was sollen wir jetzt machen?«

»Ich schlage vor, wir essen das Rührei, bevor es kalt wird«, meint Papa trocken.

Wir essen Brötchen und kaltes Rührei. Papa starrt auf seinen Teller. May starrt auf ihren Teller.

»Weißt du eigentlich, wie viele Freunde Mama vor dir schon gehabt hat?«, sagt Alba mit vollem Mund zu Papa und wirft mir einen verschwörerischen Blick zu.

May knallt ihre Kaffeetasse auf den Tisch.

»Alba«, sagt sie streng.

»Normalerweise hält es nicht lang«, fährt Alba ungerührt fort. »Vielleicht ein paar Wochen, wenn du Glück hast. Mama hat ihre Freunde schnell über. Stimmt's, Mama?«

May läuft rot an.

»Ich bin wechselnde Stiefväter gewöhnt.« Alba greift nach dem Brötchenkorb. »Aber wenn du alles machst, was Mama sagt, behält sie dich vielleicht.« Sie schneidet ihr Brötchen auf. »Mama möchte nämlich immer, dass es nach ihr geht.«

»Alba!«, ruft May, doch weiter kommt sie nicht. Denn jetzt bin ich wieder an der Reihe.

»Das passt Papa prima«, werfe ich ein. »Er hat nämlich nach Mama keine Freundin mehr gehabt und ist total aus der Übung. Ich denke, da ist er mit allem zufrieden.«

Ich deute auf den Brötchenkorb und Alba reicht ihn mir.

»Er tut sicher alles, was du sagst, May, er hat nämlich keinen eigenen Willen.«

Es fühlt sich nicht schön an, so über den eigenen Vater zu sprechen. Aber was tut man nicht alles, um die schlimmste Stiefschwester der Welt loszuwerden? Papa glotzt mich mit offenem Mund an. May springt auf und stürmt aus der Küche. Wir hören, wie sie die Schlafzimmertür aufreißt und wieder zuknallt. Als wäre sie plötzlich das Kind in der Familie.

»Das Rührei ist voll trocken«, sagt Alba und spuckt einen Bissen auf ihren Teller. Ich muss mir in den Oberschenkel kneifen, um nicht loszulachen.

MERKLISTE FÜR KORREKTES VERHALTEN

Alba wartet an der Ecke auf mich. Heute haben wir nicht so getan, als wären wir beste Freundinnen, die zusammen zur Schule gehen. Stattdessen haben wir kurz vor dem Losgehen einen heftigen Streit angefangen, woraufhin Alba aus dem Haus gestürmt ist und gebrüllt hat, dass sie nie wieder mit mir zusammen läuft. Papa und May waren fassungslos.

»Läuft doch ziemlich gut«, sagt Alba, als ich komme.

Ich nicke, und ohne dass wir groß darüber nachdenken, laufen wir los. Wir haben ja denselben Weg und vor dem ersten Hügel sieht uns niemand.

»Das halten sie nicht lange aus«, meint Alba. »Mama jedenfalls nicht.«

»Papa auch nicht«, sage ich. »Er hasst Streit und Konflikte.«

Als wir uns dem Hügel nähern, schlage ich vor, besser getrennt weiterzugehen. Alba nickt und den Rest des Weges halten wir großen Abstand zueinander wie auch sonst immer.

Jasmin ist nirgends zu sehen. Ich schreibe ihr, ob sie bald kommt, und füge drei Herzen hinzu. Sie antwortet nicht. Ich verstehe vollkommen, warum sie sauer auf mich ist, aber wenn unser Projekt zu Hause Erfolg hat und Alba und May ausziehen, brauche ich Jasmin überhaupt nichts zu beichten. Dann tue ich einfach noch eine Weile so, als gäbe es Albertine in meinem Leben. Irgendwann behaupte ich, mein Vater und seine Freundin hätten Schluss gemacht, und schwupps, war's das mit Albertine.

König Harald wartet im Gang auf uns, doch statt mit Handshake begrüßt er uns bloß einzeln mündlich. Jasmin huscht an mir vorbei ins Klassenzimmer. Sie sieht mich nicht an, obwohl ich ihr Hallo sage.

»Das mit den Handshakes scheint in dieser Klasse nicht zu funktionieren«, sagt Harald, als alle sich gesetzt haben. »Das war wieder mal typisch ich: Ich habe lauter Ideen, was ich als Lehrer alles erreichen will, aber manchmal muss man sich einfach davon verabschieden.«

Er kündigt an, dass jetzt die Gruppenarbeiten präsentiert werden.

Die Stimmung in unserer Gruppe ist gelinde gesagt

merkwürdig. Alba weiß nicht, dass Leo mich gestört findet, und ich weiß nicht, was Leo eigentlich über Alba denkt. Heute rückt keine von uns mit dem Stuhl näher an Leo heran. Wir schauen uns bloß alle drei verlegen an und versuchen, uns auf die bevorstehende Aufgabe zu konzentrieren. Leo hat eine krass professionelle PowerPoint gemacht. Unsere Punkte kommen von der Seite auf die Folie gehüpft und ordnen sich nacheinander zu einer langen Liste. Leo lächelt stolz. Ich versuche, mich so wenig gestört zu verhalten wie möglich, und spreche sachlich über Ausgrenzung im Internet und verstecktes Mobbing. Nach mir präsentiert Alba unsere Ergebnisse zum Thema Meinungsfreiheit und warum es wichtig ist, Verantwortung dafür zu übernehmen, was man im Internet schreibt. Als ich auf unsere Punkte schaue, was man alles *nicht* tun soll, sind sie eine Art Auflistung von allem, was Alba und ich uns in letzter Zeit gegenseitig angetan haben. Aber wir stehen hier und spielen die Unschuldigen.

Ein Raunen geht durchs Klassenzimmer. Ein paar flüstern miteinander und schauen uns an.

»Wenn du nichts Nettes zu sagen hast, sag lieber gar nichts«, schließe ich und zeige auf einen der Punkte in Leos PowerPoint, der jetzt von links hereinhüpft.

Das Stimmengewirr wird lauter. Harald bedeutet den anderen, leise zu sein, und ergreift das Wort.

»Sehr gute Präsentation, und ihr habt viele wichtige Punkte genannt.« Harald wendet sich wieder der immer noch unruhigen Klasse zu. »Was ist denn los?«

Ich spüre Jasmins bohrenden Blick. Ich hole Luft und schaue stattdessen zu König Harald. Niemand in der Klasse antwortet auf seine Frage, was los ist.

»Auf die Einhaltung dieser Spielregeln müssen die Wohlfühlagentinnen und -agenten ganz besonders achten«, nimmt Harald den Faden wieder auf. »Denn Mobbing wollen wir in dieser Klasse und an unserer Schule nicht haben. Weder im richtigen Leben noch digital.«

Leo schaut Alba und mich mit schmalen Augen an.

»Applaus für Gruppe acht«, sagt Harald, worauf ein paar lahme, vereinzelte Klatscher ertönen.

GRILLWÜRSTCHEN UND GUTE LAUNE

In der letzten Stunde bekomme ich eine Nachricht von Alba. *Hab einen Plan fürs Abendessen. Da werden die Fetzen fliegen.* Eigentlich kann ich gerade kein weiteres Gefetze verkraften, trotzdem schicke ich ein Daumenhoch. Papa findet es super, dass Alba kochen will. Mich schaut er an, als wollte er sagen: »Du könntest ruhig auch ein bisschen zu Hause mithelfen.« Er kann ja nicht wissen, dass Alba alles andere im Sinn hat als zu helfen. Sie war einkaufen und hat lauter Sachen besorgt, die May nicht mag. May ist beim Yoga und Papa döst im Sessel. Alba trägt Tüten in die Küche und präsentiert mir stolz: Grillwürstchen und Koteletts. Gemüse: Fehlanzeige. Ich zeige Alba, wo die Pfannen sind, und wir unterhalten uns dabei wie zwei Menschen, die gern zusammen kochen.

»Mama wird ausrasten«, sagt Alba und öffnet die Packung mit den Würstchen. »Sie ist immer so streng mit dem Essen. Nie darf ich Süßigkeiten oder Chips oder irgendwas anderes Ungesundes essen.«

Alba sieht ehrlich traurig aus.

»Warte kurz.« Ich laufe in mein Zimmer, hole mehrere Päckchen Gummibärchen und halte sie Alba hin, die am Herd steht und Würstchen brät. »Hier.«

Sie guckt, als würde ich ihr Giftpillen anbieten.

»Los, nimm!«, sage ich. »Gummibärchen sind lecker!« Ich reiße eine der Tüten auf und schütte Alba die Hand voll. Sie stopft sich die Gummibärchen in den Mund und lächelt.

»Danke schön.«

Die Haustür geht auf, May ist vom Yoga zurück. Sie darf uns nicht dabei erwischen, wie wir hier vergnügt zusammen Süßigkeiten futtern, deshalb fangen wir an, uns anzuzicken. May steckt den Kopf in die Küche.

»Was wird das denn?« Sie zeigt auf die Würstchen, die in der Pfanne brutzeln. »Wir essen doch kein Fleisch, Alba!«

Alba wendet die Würstchen, ehe sie sich zu May umdreht.

»Inken sagt, Vegetarier sind uncool.«

May stöhnt.

»Was ist das denn für ein Quatsch? Seit wann ist es

uncool, an Umwelt und Tierwohl zu denken? Ich dachte, Nachhaltigkeit wäre dir wichtig, Alba«, sagt sie enttäuscht. »Ich verstehe nicht, warum du plötzlich so viel auf Inkens Meinung gibst.«

Sie schnappt sich ihre Yogamatte und verschwindet ins Bad. Alba dreht sich zu mir um und ich recke den Daumen. May mag es auch, wenn alles ordentlich ist. Deshalb haben wir unsere ganzen Klamotten im Zimmer und im Bad auf dem Fußboden verteilt. Jetzt ruft May, was das denn für ein Saustall ist, und dass sie gleich verrückt wird.

Papa fährt aus seinem Nickerchen hoch und ich schalte eilig laute Musik ein, von der ich weiß, dass er sie nicht mag. Er hält sich die Ohren zu und verzieht das Gesicht.

»Inken, stell bitte das Gejaule ab!«

May schimpft im Bad, Papa im Wohnzimmer, aber wir kümmern uns nicht darum. Die Stimmung ist genau so, wie wir es wollten. Alba grinst mich durch den Würstchendunst an.

»Abendessen!«, ruft sie.

Wir sitzen alle vier stumm am Tisch. Keiner von uns hat Lust, glückliche Familie zu spielen.

»Ich verstehe nicht, was mit dir los ist«, sagt May leise zu Alba. »Du warst doch immer so ein liebes Mädchen.«

Papa lässt sich die Würstchen schmecken.

»Sehr lecker, Alba«, sagt er zufrieden.

Da steht May wütend vom Tisch auf und kurz darauf schlägt die Haustür zu.

ALLES ZERSTÖREN

Tag fünf mit mieser Stimmung. Alba und ich haben wirklich ein Händchen dafür, Papa und May auf hundertachtzig zu bringen. In den letzten Tagen bin ich immer direkt von der Schule nach Hause gegangen, denn sobald Papa und May von der Arbeit kommen, legen wir los. Es ist schön, wie viel weniger nervig Alba ist, seit wir im selben Team spielen. Ab und zu ist sie beinahe ... nett.

»Wir müssen einfach so weitermachen, lange halten sie das nicht mehr aus.« Alba liegt auf dem Schlafsofa und analysiert, wie es ihrer Meinung nach laufen wird. »Sie werden Schluss machen und unser Problem ist gelöst. Ist doch gut, oder?«

»Mhm«, antworte ich und denke an Papa. Daran, wie er May hinterhergeht und mit ihr zu reden versucht. *May, bitte. Liebes, jetzt hör doch mal. Lass uns in Ruhe darüber reden.* Und daran, wie er jedes Mal traurig im Sessel sitzt, wenn May das Haus verlässt, um »den Kopf frei zu kriegen«, wie sie es ausdrückt.

»Was machst du?«, fragt Alba.

Sie steht auf und kommt auf meine Seite des Zimmers. Ich zeige ihr Cora & Caitlin, die mit Masken im Gesicht davon schwärmen, wie schön es ist, Schwestern zu sein. Sie waren schon immer unzertrennlich. *Like really best friends.* Alba setzt sich neben mich und wir schauen ein paar Videos zusammen. Ich warte nur darauf, dass sie sich lustig darüber macht, aber sie sagt keinen Ton. Es ist seltsam, Cora & Caitlin mit jemand anderem als Jasmin zu sehen. Der Gedanke an Jasmin versetzt mir einen Stich. Inzwischen antwortet sie gar nicht mehr auf meine Nachrichten. Aber jetzt ist es nur noch eine Frage der Zeit, dann wird alles wieder wie früher.

Wir hören May von ihrem Spaziergang nach Hause kommen und Alba schaut mich an.

»Bereit?«, flüstert sie und lächelt.

»Ja«, sage ich, obwohl sich alles in mir dagegen sträubt aufzustehen, eine weitere Krise anzuzetteln, dauernd alles kaputt zu machen.

»Du blöde Kuh!«, schreit Alba aus voller Kehle.

Ich hole Luft und brülle zurück: »Ich hasse dich!«

»Halt die Fresse!«, kreischt Alba und presst sich die Hand auf den Mund, um nicht loszulachen.

»Selber Fresse!«, rufe ich und muss mir auch den Mund zuhalten.

»Du bist so scheiße!«, schreit Alba und prustet los.

»Ich wünschte, du wärst nie geboren worden!«, schreie ich zurück und jetzt kichern wir beide.

Papa reißt die Tür auf.

»Was ist denn hier los?«

Wir verstummen schlagartig. Ich halte krampfhaft das Lachen zurück, deshalb kann ich Alba nicht ansehen, sonst würden wir uns verraten. Alba räuspert sich laut. Sie muss auch an sich halten.

»Guck, meine Geige!«, ruft sie wütend und hält Papa das Instrument mit den zerfetzten Saiten hin.

Papa reißt die Augen auf.

»Das war Inken!«, schluchzt Alba.

Wie schafft sie es, das so überzeugend zu spielen? Sie hat echt Talent. May ist in der Tür aufgetaucht und starrt mich entsetzt an.

»Inken! Stimmt das? Du hast Albas Geige kaputt gemacht? Hast du eine Ahnung, wie teuer neue Saiten sind?«

Sie geht zu Alba und nimmt sie in den Arm.

»Sie wollte mir das Konzert versauen, weil sie nicht will, dass ich Wohlfühlagentin werde«, schluchzt Alba.

»Ist das wahr?«, fragt May schockiert. »Nur wegen dieser Wahlgeschichte?«

»Wenn du wüsstest«, sagt Alba, »was Inken für einen

schmutzigen Wahlkampf führt. Sie sagt, ich bin eine Loserin und dass nur beliebte Leute Wohlfühlagentin werden können.«

»Also, ich bin wirklich fassungslos«, sagt May. »Das muss Konsequenzen haben! Knut, das ist deine Aufgabe! Ich weigere mich, für neue Saiten zu bezahlen. Wie willst du das wieder in Ordnung bringen?«

Papa schaut zwischen uns hin und her.

»Hast du wirklich Albas Geige kaputt gemacht?«, fragt er mich leise.

»Du hast Alba doch gehört!«, sagt May mit erhobener Stimme und hält ihm die Geige hin. »Hältst du meine Tochter etwa für eine Lügnerin?«

Papa schaut mich enttäuscht an.

»Ist dir diese Wohlfühlassistentensache denn wirklich so wichtig?«

Alba lächelt und hebt die Augenbrauen, wie um mir zu signalisieren, dass ich mit unserem Plan weitermachen soll.

»Alba hat mein iPad zerbrochen!«, rufe ich und zeige anklagend auf Alba.

Sie bemüht sich, nicht zu lachen, aber ihre Grübchen verraten sie. Ich hole das iPad mit dem kaputten Display.

»Alba!«, keucht May. »Das glaub ich jetzt nicht!«

Ihr stehen die Tränen in den Augen.

»Und dann hat sie ganz schlimme Sachen über mich in

ihrer Gruppe gepostet«, fahre ich fort, »und wollte alle in der Klasse davon abhalten, mich zu wählen. Sie ist kein bisschen besser!«

Mit kläglicher Stimme wende ich mich an Papa. »Und Leo, von dem ich dir erzählt habe: Alba hat ihm geschrieben und gesagt, dass ich total fake bin und er sich vor mir hüten soll. Deshalb hält er mich jetzt für gestört.«

Alba schaut mich überrascht an. Letzteres hätte ich vielleicht nicht unbedingt erwähnen müssen. Ich senke den Kopf und presse ein Schluchzen hervor, und weil das mit Leo tatsächlich schrecklich wehtut, muss ich gar nicht groß schauspielern.

»Alba ist ein schrecklicher Mensch«, jammere ich. »Sie ist kein bisschen für das Amt geeignet.«

»Inken auch nicht«, ruft Alba. »Mit ihr als Wohlfühlagentin würde es düster aussehen!«

May nimmt Papa in den Blick.

»Jetzt sag du doch auch endlich mal was, Knut. Steh nicht nur da rum wie bestellt und nicht abgeholt!«

»Na ja, da müssen wir wohl ein neues iPad kaufen und die Geige reparieren lassen«, meint Papa unsicher.

»Mehr hast du nicht vorzuschlagen?«, faucht May. »Die Mädchen benehmen sich unmöglich und dir fällt nichts Besseres ein, als ihnen neue Sachen zu kaufen?«

Papa hat Tränen in den Augen. So habe ich ihn noch nie gesehen.

»Äh«, sagt er und hebt die Schultern. Dann geht er aus dem Zimmer und kurz darauf fällt leise die Haustür ins Schloss.

BOMBENREGEN

Denk an etwas Schönes. Denk an etwas Schönes. Denk an etwas Schönes. May und Papa fetzen sich. Genau wie wir es wollten, gleichzeitig ist es schlimm mit anzuhören. Aber vielleicht ist das nötig, um etwas zu verändern. Vielleicht muss man erst etwas zerstören, um anschließend etwas Neues aufzubauen. Wie in einem Krieg, wo alles in Schutt und Asche gebombt wird, damit der Feind sich ergibt. Papa und May sitzen abends nicht mehr zusammengekuschelt unter einer Decke auf dem Sofa und trinken Rotwein. Sie sitzen mit mürrischen Gesichtern auf getrennten Sesseln. Dann knallen sie mit den Türen und müssen an die frische Luft, um den Kopf frei zu kriegen. Sobald sich die Stimmung auch nur minimal hebt, fangen Alba und ich an zu streiten. Ein Blick von Alba reicht, um mir zu signalisieren, dass es Zeit für den nächsten Krach ist.

Ich denke an Papa in dem bunten Pulli und daran, wie glücklich er aussah, als er, den Mund voller Zahnpasta, im Bad stand und ihm der Name Albertine einfiel. Wie aufgeregt er mir von May mit y erzählt hat und fand, ich sei so verständnisvoll, als ich vorschlug, sie könnten doch einziehen und ich mir ein Zimmer mit Alba teilen. Wie wenig er in letzter Zeit vom Straßenbau gesprochen und was er mich alles gefragt hat außer nur »Was magst du aufs Pausenbrot?«. Und jetzt klingt er so traurig.

Ich schaue zu Alba und unsere Blicke treffen sich, als May Papa gerade an den Kopf wirft, dass er vertrottelt und weltfremd ist. Keiner darf das zu meinem Vater sagen, auch wenn es stimmt.

Alba steht auf und kommt auf meine Seite des Zimmers. Sie setzt sich dicht neben mich aufs Bett und zieht ihr Handy aus der Hosentasche. Aus alter Gewohnheit bekomme ich Angst, was jetzt wohl Fieses kommt, doch dann passiert etwas Unerwartetes.

»Ich muss dir was über Leo beichten«, sagt sie.

Mein Herz setzt einen Schlag aus. Erzählt sie mir jetzt, dass sie und Leo zusammen sind? Hat Alba Victorias Platz eingenommen? Muss ich ihr etwa gratulieren und so tun, als würde ich mich für sie freuen? Ich glaube, mir stockt mehrere Sekunden lang der Atem. Ich sitze stocksteif auf dem Bett, Alba viel zu nah neben mir.

»Ich hab alles kaputt gemacht.« Alba holt Luft. »Das kann ich nämlich gut. Anderen alles kaputt machen.«

Ich drehe mich zu ihr.

»Was meinst du?«

Alba scheint hin und her zu überlegen, ob sie mit offenen Karten spielen oder einen Rückzieher machen soll.

»Erst hat Leo gesagt, dass er dich wählen will«, sagt sie. »Weil er ... weil er dich mag. Und als er mir das gesagt hat, da habe ich beschlossen, zu tun, was ich immer tue, nämlich, es euch kaputt zu machen. Und dann habe ich Leo ganz viele Nachrichten geschrieben und dich schlechtgemacht.«

»Leo hat dir gesagt, dass er mich mag?«, frage ich.

Alba nickt. »Und er hat mir erzählt, was auf der Badeplattform passiert ist.«

Meine Gedanken überschlagen sich. Laut Leo ist gar nichts auf der Badeplattform passiert. Das hat er Alba doch selbst geschrieben.

»Was hat er denn erzählt?«, frage ich verwirrt.

»Dass er eigentlich nur ganz kurz ins Wasser wollte, aber dann ist er zur Badeplattform geschwommen, weil er dich da ganz allein hat sitzen sehen. Und er war so unsicher und nervös, dass er nur von sich selbst geredet hat.« Alba schaut mich an. »Weil du so süß warst.«

Ich werde rot. Ich habe immer an die Badeplattform

gedacht, wenn ich an etwas Schönes denken wollte, bis die Nachricht von Leo kam und alles ruiniert war.

»Aber jetzt hält Leo mich für gestört«, sage ich. Denn alles Schöne mit Leo ist ohnehin zerbrochen.

Alba hält mir ihr Handy hin.

»Er hat mir dieselbe Nachricht geschickt wie dir«, sagt sie und zeigt mir Leos letzte Nachricht an sie. Er hat ihr wortwörtlich dasselbe geschrieben wie mir, nur der Name ist ausgetauscht. *Was läuft da zwischen dir und Inken? Hör auf mit dem Scheiß, das ist voll gestört!!*

Leo findet uns beide gestört. Das fühlt sich gleich sehr viel besser an, als wenn er nur mich gestört fände. Mir schießen hundert Gedanken durch den Kopf. Nein, tausend.

»Aber bist du verliebt in Leo?«

Alba schüttelt den Kopf.

»Also hast du das alles nur gemacht, um mir zu schaden?«

Jetzt nickt sie. »Ich hab doch gesagt, das kann ich gut. Und als mir klar wurde, dass wir Konkurrentinnen sind und du Leo magst, ist es wie von selbst passiert.«

Sie schaut mich an.

»Tut mir leid«, flüstert sie. »Ehrlich. Tut mir leid, Inken.«

Ich weiß nicht genau, ob ich froh oder wütend oder traurig oder erleichtert bin. Wohl alles zusammen. Oder nichts davon. Eine Weile sitzen wir schweigend nebeneinander, während May und Papa weiter im Wohnzimmer streiten.

»Leo findet uns beide gestört«, fasse ich schließlich zusammen.

»Vielleicht sind wir das auch«, meint Alba.

Alba bleibt auf meinem Bett sitzen und tippt etwas auf ihrem Handy. Dann hält sie mir ein Video von Cora & Caitlin hin, in dem die beiden Eyeliner testen.

»Die sind gar nicht schlecht.« Sie lächelt verlegen. »In den letzten Tagen habe ich echt viel gelernt. Obwohl ich mich nie fürs Schminken interessiert habe.«

Wir gucken Cora & Caitlin auf Albas Handy. Ich zeige ihr verschiedene Tricks und Alba hört interessiert zu. Fast genau so habe ich es mir vorgestellt, eine Schwester zu haben. Ich frage sie, wie lange sie schon Geige spielt und seit wann sie Umweltheldin ist. Alba erzählt von den vielen Umzügen, die sie schon hinter sich hat, entweder weil May einen neuen Freund hatte oder weil sie an einer Schule nicht klarkam und an eine andere wechseln musste.

»Ich bin nicht so gut darin, neue Leute kennenzulernen«, sagt sie. »Deshalb habe ich kaum Freunde. Anderen zu schaden ist leichter.«

Ich denke daran, wie Alba in die Klasse gewalzt ist und

schon nach fünf Minuten alles bestimmen wollte. Wenn sie das immer so macht, wundert es mich nicht, dass sie keine Freunde hat.

Albas Geigenkasten liegt in einer Ecke. Ich glaube, seit dem Tag in der Schule hat sie ihn nicht geöffnet.

»Du, Alba«, sage ich. »Das mit der Geige war blöd von mir. Ich glaube, ich war einfach neidisch, weil du so viel kannst, und dachte, wenn du vor der ganzen Klasse spielst, mögen die anderen dich lieber als mich.«

Alba steht auf, um die Tür zum Wohnzimmer zu schließen, wo Papa und May sich immer noch in den Haaren liegen.

»Das mit dem iPad war auch blöd«, sagt sie. »Ich weiß nicht, was ich mir da gedacht habe. Wahrscheinlich war mein Gehirn außer Betrieb.«

Ich lache.

»Ich glaube, in letzter Zeit waren unsere beiden Gehirne außer Betrieb.«

»Stimmt.« Alba lächelt. »Und du wärst bestimmt auch eine gute Wohlfühlagentin. Tut mir leid für alles, was ich gesagt hab.«

Ich schaue Alba an. Und dann sage ich etwas, von dem ich nie gedacht hätte, dass das mal aus meinem Mund kommen würde: »Du auch. Du kannst bestimmt gut für Feelgood-Stimmung sorgen.«

DIE BRASILIANISCHE TIKTOKERIN

»Jetzt ist es nicht mehr lang bis zur Wahl«, ruft König Harald eifrig. »Montag in einer Woche finden die Parlamentswahlen statt. Dann erfahren wir, wer Regierungschefin oder Regierungschef von Norwegen wird. Und am Dienstag halten wir die Wahl in unserer Klasse ab. Noch sechs Tage!«

Seit Jasmin mich egoistisch genannt hat, meidet sie mich. Ich weiß nicht, wie oft ich kurz davor war, sie anzurufen und zu fragen, ob wir etwas zusammen machen wollen. Es ist nämlich nicht schön, seine beste Freundin anzulügen. Aber je mehr ich gelogen habe, desto schwieriger wurde es, alles zuzugeben.

Ich gehe gerade vom Schulhof, als Jasmin plötzlich auf mich zuläuft.

»Inken!«, ruft sie.

Sie klingt wütend. Ich fange an zu zittern. Was hat sie

jetzt herausgefunden? Jasmin baut sich mit verschränkten Armen vor mir auf und mustert mich scharf.

»Machst du heute was mit Albertine?«, fragt sie mit harter Stimme.

»Ja«, sage ich schwach, weil ich zu Hause sein muss, um gemeinsam mit Alba Papa und May auseinanderzubringen. Bald ist es vorbei. Bald wird alles wieder wie früher.

»Kommt sie zu dir nach Hause?«, fragt Jasmin.

»Mhm«, sage ich.

»Um wie viel Uhr etwa?«

Warum will sie das wissen?

»Um vier«, lüge ich.

»Und dann bleibt sie den ganzen Nachmittag?«

»Ja«, sage ich. »Warum?«

»Nur so.«

Jasmin dreht sich um und läuft mit schnellen Schritten zu den Hügeln, ohne zu fragen, ob wir zusammen gehen wollen, dabei haben wir das erste Stück genau denselben Weg.

Alba und ich backen Brownies und »vergessen« hinterher aufzuräumen. Die ganze Arbeitsplatte ist voller Puderzucker und Schokoladenteig, was May auf die Palme bringen wird. Wir nehmen eine Riesenladung Brownies mit ins Zimmer und schauen Cora & Caitlin, bis die Erwachsenen von der Arbeit kommen.

May schimpft sofort los, dass sie ganz bestimmt nicht hinter »diesen verwöhnten Mädchen« herräumen wird. Wir wechseln einen Blick. Alba stopft sich einen weiteren Brownie in den Mund. Eine Tür knallt und dann hören wir Papa in der Küche klappern.

Eine Weile sitzen wir beide schweigend auf dem Bett und lauschen den Stimmen der beiden Erwachsenen, deren Beziehung wir gerade zerstören. Der Boden ist voller Klamotten, auf dem Schreibtisch türmen sich dreckige Gläser und Teller. Trotzdem ist es recht gemütlich hier.

»Ein bisschen Spaß hat es ja auch gemacht«, meint Alba da. »Ich war immer so lieb und ordentlich. Hab alles gemacht, was mir die Erwachsenen gesagt haben. Und ich hatte noch nie Spaß mit einer Stiefschwester. Ich hab mich immer nur mit allen gestritten und war fies zu ihnen, um sie schnell wieder loszuwerden.«

»Und jetzt bist du mich auch bald los«, sage ich.

»Ja, wahrscheinlich. Nur, von allen Stiefvätern, die ich je hatte, mag ich Knut am liebsten. Das ist ein bisschen das Blöde.«

Sie schaut mich an.

»Und jetzt, da ich dich etwas besser kennengelernt habe, bist du auch gar nicht so übel, wie ich dachte.«

»Oha«, sage ich. »Das nehme ich mal als Kompliment!«

Wir schauen gerade, wie Cora & Caitlin sich Avocado-Haarkuren machen, da meldet sich mein Handy mit einer Nachricht von Jasmin. Das falsche Foto von Albertine, das ich ihr geschickt hatte, erscheint auf dem Display.

»Wer ist das?«, will Alba wissen.

Ich antworte nicht, tippe nur schnell auf die Nachricht, um zu sehen, was Jasmin schreibt.

Die angebliche Albertine ist eine brasilianische TikTokerin!! Ich habe lauter Bilder von ihr gefunden! Warum lügst du?

Ich erstarre.

»Was ist los?«, fragt Alba.

Ich kann ihr keine Antwort geben, weil ich keine Ahnung habe, was los ist. Die Pünktchen im Nachrichtenfenster bewegen sich. Jasmin ist noch nicht fertig.

Bin sehr gespannt darauf, die echte Albertine zu treffen. Die, die gerade bei dir zu Hause ist.

Ich will ihr gerade zurückschreiben, als es zweimal hintereinander energisch an der Tür klingelt. Dreimal. Viermal. Ich höre Papa in den Flur gehen. Es ist zu spät, um sich zu verstecken. Es ist zu spät, Alba zu bitten, dass sie geht. Es ist zu spät für alles. Meine Zimmertür geht auf.

»Da sind sie«, sagt Papa. »Alba und Inken.«

Neben Papa steht Jasmin und schaut ins Zimmer, wo Alba und ich mit einem Teller Brownies und unseren Handys im Schoß auf dem Bett sitzen. Genau wie Jasmin und ich früher. Jasmin schaut zwischen uns hin und her, ehe sie den Mund öffnet.

»Albertine?«, fragt sie leise.

Dann dreht sie sich um, läuft durchs Haus und schlägt die Tür hinter sich zu.

BFF

Ich rufe Jasmin an. Sieben Mal. Acht Mal. Neun Mal. Ich schreibe ihr, dass ich alles erklären kann. Bitte sie, mich zurückzurufen. *Tut mir leid, dass ich gelogen habe*, schreibe ich. *Tut mir leid, tut mir leid, tut mir leid.* Ich rufe ein zehntes Mal an. Ein elftes Mal. Aber Jasmin geht nicht ans Handy und antwortet nicht auf meine Nachrichten. *Es ist einfach passiert. Ich war so eifersüchtig auf dich und Sonya. Und dann wollte ich auch eine coole Schwester.*

»Ich dachte, ihr wärt beste Freundinnen«, sagt Alba, als wir am nächsten Tag zur Schule laufen.

»Sind wir auch«, antworte ich. »Wir sind wie Schwestern.«

»Und trotzdem hast du ihr nichts von mir erzählt?«, fragt Alba leise.

Ich antworte nicht.

»Ich dachte, beste Freundinnen erzählen sich alles«, fährt Alba fort. »Allerdings hatte ich selbst ja noch nie eine beste Freundin, also vielleicht irre ich mich.«

»Tust du nicht«, sage ich. »Beste Freundinnen *sollten* sich alles erzählen.«

Alba schweigt eine Weile.

»Woher weiß Jasmin eigentlich, dass ich Albertine heiße? Alle in der Klasse kennen mich doch nur als Alba.«

Ich zögere, weiß nicht, was ich sagen soll.

»Ich habe sozusagen eine Schwester erfunden«, gestehe ich. »Jasmin denkt, ich hätte eine coole Schwester namens Albertine, die auf die Weiterführende geht.«

Ich bringe es nicht fertig, ihr das Bild der brasilianischen TikTokerin zu zeigen.

»Warum hast du das getan?«, fragt Alba.

»Weiß ich auch nicht. Vielleicht weil Jasmin nach den Sommerferien nur noch von ihrer Cousine geredet hat. Und ich war ihr gar nicht mehr wichtig.« Ich schaue Alba an. »Außerdem habe ich mir immer schon eine Schwester gewünscht.«

»Bloß nicht so eine Schwester wie mich«, meint Alba.

»Irgendwie war es schwer, ihr das zu erklären«, sage ich.

»Warum? Du hättest doch einfach sagen können, wie es ist. Ist doch nicht unsere Schuld, dass unsere Eltern sich über diese App kennengelernt haben und meinen, sie müssten einen auf Familie machen.«

Alba hat recht. Es ist nicht unsere Schuld. Trotzdem, was ich gemacht habe, war mies. Gegenüber Jasmin. Gegenüber Papa. Gegenüber Alba. Gegenüber allen. Auf dem Schulhof der Weiterführenden steht Iselin lachend mit anderen zusammen. Als wir vorbeikommen, schaut sie mir direkt ins Gesicht, ohne Hallo zu sagen, als wäre ich Luft.

»Findest du mich peinlich?«, fragt Alba leise. »Passe ich nicht in deine perfekte Welt?«

Ich betrachte Alba in ihrer selbst gestrickten Jacke und dem T-Shirt mit dem Logo der Umwelbheld*innen. Sie passt nicht in eine perfekte Welt, aber meine Welt ist sowieso alles andere als perfekt.

»Nein«, sage ich. »Nein, ich finde dich nicht peinlich, Alba. Jetzt nicht mehr.«

Jasmin ist nirgends zu sehen. Ihr Platz bleibt den ganzen Tag leer. Ich schicke ihr eine Nachricht. *Bitte, liebe Jasmin, ruf mich an, best friends forever.* Und achtzehn rote Herzen.

DER HEIß ERSEHNTE TAG

Als Alba und ich nach Hause kommen, steht Mays Auto in der Einfahrt.

»Komisch«, sagt Alba. »Warum ist Mama nicht arbeiten?«

Alba bedeutet mir, dass ich an der Hecke warten soll, damit keiner denkt, wir würden zusammen von der Schule nach Hause laufen. Dabei tun wir das jeden Tag, nur dass Papa und May nichts davon wissen. Alba verschwindet im Haus, kurz darauf erscheint May mit einer Reisetasche, die sie energisch ins Auto schmeißt. Sie sagt irgendwas Wütendes, das ich nicht verstehe. Alba kommt mit ihrem Geigenkasten heraus. Sie legt ihn in den Kofferraum und gibt mir ein Zeichen, dass ich jetzt kommen kann.

»Was ist los?«, flüstere ich Alba zu, als ich im Flur bin.

Im Wohnzimmer stopft May aggressiv Albas Kleider in einen Müllsack.

»Endlich«, flüstert Alba zurück.

Papas langweilige Aktentasche steht auf dem Küchentisch. Ist er auch zu Hause?

»Na, seid ihr jetzt zufrieden?«, sagt May, als sie uns entdeckt. Ihre Augen sind verweint.

»Wo ist Papa?«, frage ich leise.

May zeigt auf die Schlafzimmertür.

»Da drinnen.«

Ich stehe vor Papas Schlafzimmertür. Höre May im Wohnzimmer zusammenräumen, Albas leise Stimme. Klingt sie froh? Angespannt? Traurig? Nur noch wenige Minuten, dann ist alles vorbei. Sollte ich mich nicht freuen?

Vorsichtig öffne ich die Tür. Papa sitzt auf dem Bett. Er sitzt einfach da, steif wie ein Eiszapfen, und starrt in die Luft.

»Alles okay?«, frage ich.

Papa zögert, ehe er mit leiser Stimme antwortet: »Nein, das würde ich nicht behaupten.«

»Was ist los?«, frage ich.

»Es ist Schluss. Alles ist kaputt.«

Er beugt sich vor und vergräbt das Gesicht in den Händen.

»Wahrscheinlich war es von Anfang an zu schön, um wahr zu sein«, sagt er. »Dass ich eine Frau wie May treffe und sie jemanden wie mich will.«

Papa hat den bunten Pulli an, in dem er mal so glücklich aussah. Jetzt sieht er aus wie eine verwelkte Blume, die den Kopf über den Vasenrand hängen lässt. May erscheint in der Tür. Sie steht lange da, scheint nicht zu wissen, was sie sagen soll.

»Wir fahren dann mal«, murmelt sie.

Papa tappt zu ihr und umarmt sie.

»Es tut mir so leid«, sagt er in ihr dichtes Haar.

May legt die Arme um ihn und so bleiben sie einen Moment, ehe sie aus dem Zimmer geht und Alba ruft.

Alba und ich beobachten von der Haustür aus, wie May die letzten Taschen ins Auto packt.

»Jetzt haben wir, was wir wollten«, flüstert Alba.

Ich nicke. Alba drückt mich rasch, damit May es nicht mitkriegt, dann geht sie zum Auto.

Noch vor wenigen Tagen hätte ich gejubelt, aber jetzt ist mir nicht danach. Das Auto verschwindet um die Ecke. Es ist still. Sehr still.

Papa schlurft aus dem Schlafzimmer zum Sofa, setzt sich und starrt vor sich hin. Er sieht aus, als hätte er gerade einen todtraurigen Film gesehen. Ich setze mich neben ihn.

»Wo werden sie wohnen?«, frage ich Papa, nachdem wir eine gefühlte Ewigkeit geschwiegen haben. »Ist die Wohnung wieder in Ordnung?«

Er schüttelt den Kopf.

»May sagt, es ist überall besser als hier, wo sich alle nur noch unwohl fühlen. Scheint, als hätte Alba recht damit gehabt, dass ihre Mutter ihre Freunde schnell leid wird. Jedenfalls hatte sie mich schnell leid.«

Am liebsten würde ich Papa in den Arm nehmen, denn gerade ist er wie ein kleines Kind, das Trost braucht. Ich lehne mich an seine Schulter und er tätschelt mir den Kopf.

»Tja, so ist das, Inken«, sagt er leise und ich spüre heftige Gewissensbisse. Denn das alles ist unsere Schuld. Wären Alba und ich nicht gewesen, würde er jetzt mit May hier sitzen. In seinem bunten Pulli. Und glücklich aussehen.

ENDERGEBNIS

Das Schlafsofa ist gemacht. Mehrere Fächer in meinem Kleiderschrank sind leer. Der Schreibtisch ist aufgeräumt. Nur ein schwarzes T-Shirt mit dem Umwelttheld*innen-Logo ist von Alba zurückgeblieben. Ich sollte mich freuen. Niemand furzt oder fiedelt auf der Geige herum. Bald verbringe ich die Nachmittage wieder mit Jasmin und alles wird wie früher. Vielleicht trage ich in wenigen Tagen eine Weste und freue mich darauf, mit Leo zum Kurs zu fahren. Vielleicht tauscht Leo das Wort »gestört« gegen ein anderes, zum Beispiel »süß«. Ich schlage mein grünes Buch auf, weiß aber nicht, was ich schreiben soll. Denk an etwas Schönes, sage ich mir, aber ich kann nur daran denken, was alles kaputt ist.

Ich gehe zu Papa ins Wohnzimmer. Er sitzt in seinen grauen Klamotten am Tisch und liest Dokumente.

»Ich muss noch was für eine Besprechung vorbereiten«, sagt er. »Verhandlungen mit dem Ausschuss für den Ausbau einer neuen Trasse über die Fernstraße und weiter die Kreisstraße 32 entlang.«

Ich antworte nicht. Wer will das wissen? Papa ist wieder sein langweiliges altes Ich. Keine Spur mehr von dem glücklichen Vater, der zum Yoga geht und Wein mit seiner Freundin trinkt.

»Backst du dir eine Pizza auf?«

»Ist alles okay?«, frage ich vorsichtig.

Papa hebt traurig den Blick.

»Mhm.«

»Willst du nichts essen?«

Er schüttelt den Kopf.

Vor gar nicht allzu langer Zeit habe ich zu Papa gesagt, dass ich ihn lieber mag, wenn er verliebt ist. Jetzt habe ich bekommen, was ich wollte, und nun sitzt er da in seinen farblosen Klamotten und studiert seine staubtrockenen Straßendokumente. Ich sollte mich entschuldigen. Ich sollte ihm sagen, dass Alba und ich alles kaputt gemacht haben. Dass wir beschlossen haben, sie auseinanderzubringen, weil wir uns hassen. Weil wir uns gehasst haben.

»Du, Papa?«, sage ich leise. Er schaut von seinen Dokumenten auf.

»Ja, Inken?«, fragt er, als ich nicht weiterspreche.

»Ich … Ach nichts«, murmle ich und schaue zu, wie Papa ein weiteres Dokument aus seiner Aktentasche zieht und es vor sich auf den Tisch legt, ohne es zu lesen.

Ich mache mir eine Pizza und nehme sie mit in mein Zimmer, während ich daran denke, was Alba gesagt hat, bevor sie und May gefahren sind. *Jetzt haben wir, was wir wollten.*

Und, zufrieden?, schreibe ich Alba. Ich sitze auf dem Schlafsofa und schaue auf die drei Pünktchen auf dem Display, warte auf ihre Antwort. Sie ist bestimmt überglücklich. Jetzt muss sie nur noch am Dienstag gegen mich bei der Wahl gewinnen, dann hat sie all ihre Ziele erreicht.

Ja, schreibt sie. Die drei Pünktchen bewegen sich und ich warte darauf, dass sie ausführt, wie gut es ihr jetzt geht.

Oder, weiß nicht so richtig.

Die Pünktchen bewegen sich weiter.

Mama ist total traurig. Das ist scheiße.

Ich halte mein Handy in der Hand und habe plötzlich das Bedürfnis, Alba anzurufen. Sie ist die Einzige, die mich gerade versteht.

Hier ist es auch scheiße, schreibe ich zurück. Alba schickt mir vier Herzen.

Noch drei Tage bis zur Wahl. Ich sollte mich auf den Wahlkampf konzentrieren, aber gerade gibt es Wichtigeres. Ich habe so viel zerstört. Jasmin hat immer noch nicht auf meine Nachricht mit den achtzehn Herzen geantwortet. Habe ich alles für immer kaputt gemacht?

Ein Plan formt sich in meinem Kopf. Ein guter Plan. Ich öffne die Inken-Gruppe und poste ein knallrotes Herz. Und dann schreibe ich, was ich schon längst hätte sagen sollen:

Möge die Bessere gewinnen.

ALLES ENDET AN EINEM DIENSTAG

König Harald erwartet uns in Hemd und schicker Hose an der Tür zum Klassenzimmer und begrüßt alle. Schluss mit Handschlag und Gehüpfe und so tun, als wären wir etwas, was wir nicht sind.

Das Klassenzimmer sieht völlig verändert aus. Die Tische sind an die Wände gerückt, die Stühle stehen in mehreren Reihen am Ende des Raums und vor den Fenstern sind Kabinen mit blauen Vorhängen aufgebaut.

»Ta-daa!« Harald zeigt mit einer schwungvollen Armbewegung auf die Kabinen. »Das sind echte Wahlkabinen. Die habe ich vom örtlichen Wahllokal geliehen. Die kommen bei den Parlamentswahlen zum Einsatz und jetzt haben wir sie hier, damit ihr einmal in echt erlebt, wie eine Wahl abläuft.«

Wie üblich hält sich die Begeisterung der Klasse im Gegensatz zu Haralds in Grenzen. Er bittet uns, auf den Stühlen Platz zu nehmen, und räuspert sich feierlich.

»Bevor wir mit der Wahl beginnen, habe ich euch einen kurzen Clip mitgebracht, in dem unser neuer Regierungschef von Schülerinnen und Schülern in eurem Alter interviewt wird.«

Er klickt einen YouTube-Clip an und spult zu der Stelle, als der Regierungschef gefragt wird, welche Taktik er benutzt hat, um die Stimmen der Wähler zu gewinnen.

»Taktik?« Der Regierungschef lacht. »Eigentlich hatte ich keine Taktik. Ich habe einfach versucht, ich selbst zu sein. Zu sagen, was ich denke. Dafür einzustehen, was mir wichtig ist.«

Alba dreht den Kopf und schaut mich an. Jasmin rutscht auf ihrem Stuhl herum. Marie und Johanne tuscheln miteinander.

Als der Clip zu Ende ist, geht Harald in eine der Wahlkabinen und zieht den Vorhang zu.

»Die Wahl ist geheim«, sagt er von drinnen. »Passt also auf, dass niemand sieht, wen ihr wählt.«

Er kommt mit mehreren Zetteln wieder heraus, hält sie hoch und erklärt, dass jede und jeder von uns am Ende zwei Umschläge abgibt. Einen mit einem Mädchennamen und den anderen mit einem Jungennamen.

»Wenn ihr euch unsicher seid, wem ihr eure Stimme

geben wollt, dürft ihr euch auch enthalten, indem ihr einen leeren Zettel in den Umschlag steckt. So ist das auch bei den Parlamentswahlen. Auf diese Weise kann man sein Stimmrecht ausüben, ohne eine konkrete Partei oder einen konkreten Politiker zu wählen.«

König Harald macht sich daran, die Klasse zu organisieren wie ein Dirigent in einem Konzertsaal. Er hat große dunkle Flecken unter den Achseln und Schweißperlen auf der Stirn. Als ich an der Reihe bin, ziehe ich den blauen Vorhang hinter mir zu und atme tief durch. Links liegen drei Stapel mit Zetteln. Inken. Alba. Leer. Rechts liegen sechs Stapel mit Jungsnamen, darunter Leo, sowie einer mit leeren Zetteln. Ich stecke einen Zettel in den Mädchenumschlag und einen in den Jungsumschlag, ziehe den Vorhang auf und trete wieder hinaus.

Harald macht ein gespanntes Gesicht, als alle Umschläge in zwei Stapeln vor ihm liegen.

»Wir fangen mit den Jungs an«, sagt er und öffnet den ersten Umschlag.

Mit jeder Stimme, die Harald auszählt, malt er einen Strich hinter den jeweiligen Namen auf der Tafel. Er versucht, die Spannung zu halten, doch schon nach acht Zetteln ist das Ergebnis mehr oder weniger klar. Leo lächelt breit, während er einen Strich nach dem anderen bekommt. Und als alle Zettel ausgezählt sind, ruft Harald stolz, dass die Demokratie gesprochen und uns einen würdigen Sieger beschert hat. Leo ist Wohlfühlagent.

»Und jetzt die Mädchen«, sagt Harald aufgeregt.

Mehrere fangen an zu tuscheln. Alba wirft mir einen unsicheren Blick zu. Jasmin sitzt kerzengerade da und spricht mit niemandem. Sie hat mich noch kein einziges Mal angesehen.

»Inken«, sagt Harald, als er den ersten Zettel aus dem Umschlag zieht.

Er malt einen Strich hinter meinen Namen und schaut mich gespannt an.

»Und die nächste Stimme ist füüür ... Alba!«, ruft Harald, als würden wir das alles genauso aufregend finden wie er. »Eine Enthaltung«, fährt er fort und greift nach dem nächsten Umschlag. »Noch mal Enthaltung.« Er öffnet den nächsten. »Und noch eine.«

Unruhe breitet sich in der Klasse aus. Mehrere rutschen auf ihren Stühlen herum.

»Enthaltung«, sagt Harald. »Enthaltung. Und Enthaltung. Enthaltung.«

Nachdem er zwei weitere Umschläge mit Enthaltungen geöffnet hat, hält er inne.

»Was ist hier los?«, fragt er.

Meine Brust krampft sich zusammen, es drückt hinter meinen Augen. Ich schaue zu Alba. Sie sieht ängstlich aus. Wie ein Vogeljunges.

Niemand antwortet auf Haralds Frage. Alle blicken ihn stumm an. Doch dann meldet sich plötzlich eine Stimme.

»Könnte ich zwei Minuten haben?«

Jasmin ist bereits aufgestanden und auf dem Weg nach vorn zu Harald.

»Aber wir sind doch mitten in der ...«

»Es ist wichtig«, unterbricht ihn Jasmin und ignoriert Harald, als er sie bittet, sich wieder zu setzen und mit den zwei Minuten bis zum Ende der Stunde zu warten, so wie alle anderen. Oder besser gesagt, so wie Alba.

»Wir müssen dir was erzählen«, sagt Jasmin mit verschränkten Armen und wütender Miene. »Es geht um Inkens und Albas Wahlkampf.«

Jasmin sieht mich immer noch nicht an. Alba senkt den Blick. Mein Bein fängt an zu zittern. Denn jetzt wird mir klar, was gleich kommen wird. Es musste so kommen, das ist mir auch klar.

»Keine von beiden verdient es, Wohlfühlagentin zu werden. Sie haben sich gegenseitig fertiggemacht und übereinander gelästert und sich bedroht und online gemobbt und noch lauter andere Dinge, die im Wahlkampf nicht erlaubt sind. Mit Zusammenhalt und positivem Miteinander hat das nicht das Geringste zu tun.«

Harald klappt die Kinnlade herunter.

»Was?«

»Sie haben gegenseitig ihre Klassengruppen gehackt und lauter gemeine Sachen übereinander gepostet. Sie sind beide so richtig falsch! Ich glaube nicht, dass sie verstanden haben, was Netikette bedeutet!«

»Aber das ist ein Verstoß gegen die Spielregeln. So läuft das nicht in einer Demokratie. Habt ihr denn gar nichts gelernt?«, sagt Harald laut.

»Es bringt nichts, das Richtige zu sagen, wenn man das komplette Gegenteil tut.« Jasmin holt ihr Handy heraus. Handys sind im Unterricht nicht erlaubt, aber jetzt kommentiert Harald es nicht.

»Da.«

Jasmin hält ihm ihr Handy hin und Harald liest. Er scheint sich immer noch an die Hoffnung zu klammern, dass es nicht wahr ist, dass jemand sein großes Demokratieprojekt zerstört hat.

Mehrere der anderen holen ihre Handys heraus und halten sie Harald zum Beweis hin. »Hohle Nuss«, »Krass peinliche Bilder«, »Wohlfühlagentin wird man nicht, man ist es, von wegen!«, reden alle durcheinander.

»Alba hat voll schlecht über Inken geredet«, ruft jemand.

»Inken hat voll schlecht über Alba geredet«, ruft eine andere.

»Inken ist schlimmer.«

»Nein, Alba.«

»Die kann man beide nicht wählen!«

Haralds Blick verfinstert sich, er keucht. Dann wendet er sich Alba und mir zu und seine Augen werden schmal. Jetzt ist alles aus. Am heutigen Dienstag ist alles vorbei.

»Das wird Konsequenzen haben!«, sagt Harald dramatisch.

RUNDUMENTSCHULDIGUNG

Manchmal, wenn man denkt, noch peinlicher kann es nicht werden, geht es doch noch eine Nummer peinlicher. Alba und ich müssen vor die Klasse treten und alles gestehen. Wir müssen unsere Handys zeigen. Unsere Nachrichten. Alles, was wir gesagt und geschrieben und getan haben, um uns fertigzumachen.

»Ich kann nicht fassen, dass das hinter meinem Rücken gelaufen ist«, sagt Harald kopfschüttelnd. »Ist es euch wirklich so wichtig, Wohlfühlagentin zu werden, dass ihr dafür zu allem bereit seid?«

Alba und ich schauen uns an.

»Ihr solltet dafür sorgen, dass sich alle an der Schule wohlfühlen«, sagt Harald. »Wohlfühlen! Hört ihr? Und was tut ihr? Das genaue Gegenteil!«

Er seufzt. Niemand lächelt oder lacht.

»Was habt ihr euch denn nur gedacht? Ihr seid doch

clevere, aufgeweckte Mädchen. Und dann macht ihr so was!«

Harald sieht so enttäuscht aus, dass ich ihn am liebsten in den Arm nehmen würde.

»Ich muss eure Eltern informieren«, fährt er fort. »Ich werde sie anrufen und zu einem Gespräch herbitten. Das ist eine ernste Angelegenheit!«

In meinem Kopf dreht sich alles. Papa und May. Hier, zusammen in der Schule? Müssen wir ihnen auch alles beichten?

Ich schiele zu Jasmin, zu Leo. Zu den anderen aus der Klasse. Alle sind still, keiner flüstert mehr.

»Ich dachte, indem ich euch zeige, wie ein Wahlkampf und eine Wahl in der Praxis ablaufen, könnte ich euch ein besseres Verständnis von Demokratie vermitteln«, sagt Harald. »Es hätte ein gelungenes Projekt werden können. Hätten sich alle an die Spielregeln gehalten.«

Alba und ich kommen uns vor wie zwei Schwerverbrecherinnen, die ihr Todesurteil erwarten. Immerhin sind wir zu zweit und müssen nicht ganz allein vor der Klasse stehen.

Harald holt tief Luft, ehe er fortfährt: »Aber hier, in dieser Klasse, wurden die Regeln missachtet. Stattdessen kam es zu einem Machtkampf, der mit Demokratie nicht das Geringste zu tun hat. Daher muss ich die Wahl wohl oder übel für ungültig erklären. Und bei der

Gelegenheit lernt ihr gleich ein neues Wort, nämlich Wahlbetrug.«

König Harald sinkt auf einen Stuhl, als wäre er völlig erschöpft von seinen Mühen und dem schlechten Ergebnis. So habe ich ihn noch nie gesehen.

»Entschuldigung«, sage ich leise.

»Entschuldigung«, kommt es auch von Alba.

»Entschuldigung«, sage ich lauter.

»Entschuldigung«, sagt Alba lauter.

Aber wir können uns nicht ewig weiter entschuldigen. Die anderen sind stumm. Eine gefühlte Ewigkeit. Aber dann.

»Und jetzt?« Leo steht auf. »Wird jetzt überhaupt niemand Wohlfühlagent?«, fragt er enttäuscht.

Harald blickt müde in die Runde. »Ich sehe nicht, wie …«

»Könnte ich zwei Minuten kriegen?«, unterbreche ich ihn. Vielleicht ist es nur alte Gewohnheit, aber ich habe das Gefühl, ich muss noch ein letztes Mal meine zwei Minuten haben.

»Es wäre total schade, wenn die Schule keine Wohlfühlagenten bekommt«, beginne ich und jemand stöhnt genervt. »Ja, ich weiß, es ist meine Schuld, dass die Wahl abgesagt wurde. Aber was passiert, wenn man Wahlbetrug entdeckt? Gibt man einfach auf?«

Harald hebt den Kopf.

»Nein, tut man nicht!«, sage ich. »Man findet eine andere Lösung. Und wir haben in dieser Klasse eigentlich die perfekte Wohlfühlagentin.«

Jetzt stöhnen mehrere.

»Ich meine nicht mich.« Ich sehe Jasmin an. »Sondern dich.«

Jasmin guckt, als würde sie nur darauf warten, dass etwas Schlimmes aus meinem Mund kommt.

»Jasmin ist die beste Freundin der Welt und sorgt jeden Tag für Wohlfühlatmosphäre.« Ich muss mich räuspern, damit die anderen nicht hören, wie dünn meine Stimme ist. »Und sie wäre eine großartige Wohlfühlagentin, das weiß ich! Jasmin ist nämlich lustig und lieb und nett und korrekt zu absolut allen. Sie hat ein Herz aus Gold und von allen Menschen auf der Welt mag ich sie am allerliebsten.«

Jasmin schaut mich überrascht an. Auf ihrem Gesicht erscheint ein zaghaftes Lächeln.

»Und ich glaube, sie wäre eigentlich gern Wohlfühlagentin, hat sich aber nicht getraut, zur Wahl anzutreten.«

Harald steht auf.

»Stimmt das, Jasmin?«

Jasmin schaut von mir zu ihm, ehe sie zaghaft nickt. Erneut geht ein Raunen durchs Klassenzimmer. Die anderen werden wach.

»Was meint ihr, Leute? Neuwahlen?«

»Unbedingt!«, sagt Alba.

Harald eilt durchs Klassenzimmer und legt neue Umschläge und Zettel bereit. Gerade saß er noch mit gesenktem Kopf auf seinem Stuhl, jetzt dirigiert er wieder sein Orchester.

»Können wir nicht einfach beschließen, dass Jasmin Wohlfühlagentin wird?«, fragen mehrere.

»Auf keinen Fall«, wehrt Harald ab. »In einer Demokratie gibt es Spielregeln und die müssen befolgt werden.«

Das bedeutet, die ganze Klasse muss wieder einzeln in die Kabinen treten, die Vorhänge zuziehen und einen Zettel mit Jasmins Namen in einen Umschlag stecken. Es ist nervig, aber es ist demokratisch, und Harald wirkt zufrieden und besänftigt. Er öffnet einen Umschlag nach dem anderen vor der Klasse, obwohl es nicht die Spur spannend ist.

»Und damit hätten wir eine Wohlfühlagentin«, verkündet er, nachdem er alle Umschläge geöffnet hat. »Herzlichen Glückwunsch, Jasmin.«

Die Klasse bricht in Applaus aus. Jasmin und Leo müssen nach vorn kommen. Harald übergibt ihnen ihre Westen und informiert sie, dass sie nach den Herbstferien am Kurs teilnehmen werden.

Als Jasmin auf ihren Platz zurückkehrt, lächelt sie mich an.

»Tut mir leid, Jasmin«, flüstere ich ihr zu, als sie an mir vorbeigeht. »Entschuldigung, Entschuldigung, Entschuldigung.«

ELTERNGESPRÄCH

Harald hat Papa und May nach der letzten Stunde in die Schule bestellt.

»Jetzt werden alle Karten auf den Tisch gelegt«, sagt er streng und wir nicken, obwohl es da noch einen ganzen Stapel Karten gibt, von dem Harald nicht mal etwas ahnt.

Nach Schulschluss müssen Alba und ich draußen warten. Harald behält uns durchs Fenster im Auge. Glaubt er wirklich, wir hauen ab?

Wir sitzen auf den Bänken, während sich der Schulhof leert.

»Gott, das ist so peinlich«, sagt Alba nach einer langen Weile.

»Peinlicher gehts nicht«, sage ich.

Und dann schweigen wir. Schauen zum Parkplatz. Wie wird Papa reagieren? Der langweiligste, korrekteste

Mann der Welt. Dessen Tochter plötzlich eine Bedrohung für die Demokratie ist.

Da öffnet sich die Tür und Jasmin und Leo kommen aus dem Gebäude. Mein Herz hämmert. Verstecken unmöglich, der Schulhof ist leer und wir sitzen für jeden sichtbar auf den Bänken. Die beiden kommen auf uns zu, das merke ich, obwohl ich eingehend meine Turnschuhe studiere. Die neuen Wohlfühlagenten. Die die Wahl auf ehrliche Weise gewonnen haben. Sie sind noch einen Moment länger geblieben und wurden in ihre Aufgaben eingewiesen.

»Da sitzen ja die zwei Gestörten«, sagt Leo lachend.

Ich hebe den Blick und da sehe ich, dass er lächelt. Er lächelt mich an. Kein Grinsen, sondern ein warmes, echtes Lächeln, genau wie auf der Badeplattform. Mein Gesicht erhitzt sich augenblicklich auf hundert Grad.

»Es war mutig, dass ihr alles zugegeben habt«, sagt Leo. »Das muss man euch lassen.«

Wir schweigen weiter. Es gibt nicht sehr viel zu sagen.

»Hast du zwei Minuten, Inken?« Jasmin nickt mit dem Kinn zur Seite, um mir zu signalisieren, dass ich mitkommen soll.

Leo lächelt wieder. Das Badeplattformlächeln.

»Bis dann«, sagt er und verschwindet vom Schulhof und die Hügel hinunter.

Jasmin und ich gehen ein Stück zur Seite, halten uns aber in Sichtweite von Harald. Alba bleibt auf ihrer Bank sitzen und zieht ihr Handy heraus.

»Okay.« Jasmin verschränkt die Arme vor der Brust. »Erklärung bitte.«

Ich hole tief Luft und dann fange ich an. Jetzt noch irgendetwas verheimlichen bringt nichts. Alles sprudelt aus mir heraus, wie aus einer Colaflasche, die man geschüttelt hat.

»Es war blöd, dass ich gelogen habe«, ende ich, nachdem ich von Sonya und Schwestern und Albertine und Alba und allem anderen erzählt habe. »Eins kam zum anderen und irgendwann hatte sich so viel angesammelt, ich wusste nicht mehr, wie ich dir das alles sagen soll.«

Jasmins Blick wird sanft. »Du warst eifersüchtig auf Sonya?«

»Ja, schon«, gebe ich zu.

»Aber du weißt doch, du und ich, wir sind best friends forever und sisters for life«, sagt sie und nimmt mich in den Arm.

In dem Moment kommt Mays Auto auf den Schulhof gerast. Sie hält schräg bei den Bänken, obwohl man da eigentlich nicht parken darf, und springt mit strubbeligen Locken und hastig über die Schulter geworfener Tasche aus dem Auto. Sekunden später kommt Papa. Er fährt zögernd auf den Schulhof und parkt an der einzigen

Stelle, wo man tatsächlich parken darf, wenn man Hausmeister an der Schule ist, was Papa absolut nicht ist.

»Ich muss dann wohl mal«, sage ich zu Jasmin und deute mit einem Kopfnicken auf die beiden gestressten Eltern, die ins Schulgebäude hasten. Sie drückt mich rasch.

»Viel Glück.«

In dem kleinen Gruppenraum ist es stickig und heiß. Wir sitzen um einen Tisch, um uns »auszusprechen«, wie Harald es nennt. Er schaut nervös zwischen uns hin und her, als hätte er ein Verbrechen begangen und nicht wir. Harald erzählt von seinem Wahlprojekt und wie er sich alles vorgestellt hatte. May und Papa nicken an den richtigen Stellen und sagen, das hört sich großartig an.

»Hätte es auch werden können«, sagt Harald, »wären die beiden hier nicht gewesen.«

Er schaut Alba und mich ernst an. May rutscht auf ihrem Stuhl herum, Papa räuspert sich.

»So, und jetzt alle Karten auf den Tisch, ihr zwei!«

Alba und ich tauschen einen Blick und dann fangen wir einfach an. Wir erzählen alles. Papa und May schauen sich entsetzt an. »Aber das ist ja …«, »Grundgütiger …«, »Ich fasse es nicht …«, werfen sie zwischendurch ein, aber Alba und ich haben ein ganzes Kartendeck abzulegen, deshalb reden wir noch eine Weile weiter.

»Moment«, unterbricht Harald uns. »Was meint ihr mit *Schwestern?*«

»Ja, das war zugegebenermaßen überstürzt«, sagt May. »Wahrscheinlich war es etwas viel verlangt, dass zwei Konkurrentinnen auch noch zusammen wohnen sollen. In einem Zimmer. Man hatte den Eindruck, die zwei hassen sich aus tiefster Seele.«

Harald schaut von May zu Papa. »Das heißt, Sie zwei sind ein Paar?«

Beide werden rot.

»Äh, nein, jein, also ... Wir waren ein Paar«, erklärt Papa. »Aber wir haben uns getrennt.«

»Eine Weile lief es gut.« May lächelt Papa an. »Aber die beiden Mädchen haben auch zu Hause nicht gerade für Wohlfühlstimmung gesorgt.«

»Wir wollten, dass ihr Schluss macht. Und das haben wir erreicht«, sagt Alba.

Harald sieht aus, als hätte er eine große Entdeckung gemacht.

»Jetzt wird mir einiges klar«, sagt er.

Anschließend gehen wir alle vier zusammen hinaus auf den leeren Schulhof. Keiner sagt etwas. Zwischen den beiden falsch geparkten Autos bleiben wir stehen. Papa und May ziehen ihre Schlüssel heraus. *Dudut*, macht das eine Auto. *Dudut*, macht das andere.

»Es war schön, dich wiederzusehen, Knut«, sagt May sanft. »Auch wenn es nicht gerade ein Date war.« Sie wirft ihr Haar zurück und lacht über sich selbst.

»Ich hab mich auch gefreut, dich zu sehen, May«, lächelt Papa.

Alba nickt mir geheimnisvoll zu, ehe wir in unsere jeweiligen Autos steigen.

Als wir vom Schulhof fahren, bekomme ich eine Nachricht von Alba. *Ich habe einen Plan*, schreibt sie. *Einen guten.*

Ich lächle.

Während der Fahrt redet Papa davon, was es Neues über die Regierungswahl und Politiker gibt und bla, bla, bla. Ich schalte ab und den Rest des Heimwegs schweigen wir.

»Ach, Inken, ach, Inken«, sagt Papa nur.

YOU'LL NEVER WALK ALONE

Selbst wenn alles an einem Dienstag endet. Dann kommt ein Mittwoch. Oder ein Freitag. Und etwas Neues beginnt.

Mama schreibt mir, dass sie Dienstag in zwei Wochen nach Hause kommt. Dienstag, denke ich. Natürlich an einem Dienstag.

In der Pause läuft Jasmin in ihrer Weste über den Schulhof und sieht megagut aus. Sie redet mit allen und sorgt für jede Menge Wohlfühlatmosphäre.

»Wohlfühlagentin wird man nicht, man ist es«, necke ich sie.

»Ja, Gunnar«, neckt mich Jasmin zurück.

Leo kommt zu uns und lächelt mich an. Er sieht auch megagut in seiner Weste aus.

»Hast du heute Nachmittag Zeit?«, fragt er beiläufig, während er auf dem Schulhof umherguckt, und viertausend Schmetterlinge schwirren in meinem Bauch und veranstalten Chaos.

»Nicht so richtig«, zögere ich, denn Alba und ich haben einen Plan. Jasmin sieht mich durchdringend an.

»Ähm, oder doch. Oder, wieso?«

»Ich schreib dir«, sagt Leo und dann geht er zum Fußballplatz, um ein Spiel zu organisieren.

Jasmin lächelt listig.

Nach der Schule kommt Alba mit zu mir nach Hause. Es ist ungewohnt, wieder mit ihr zusammen zu laufen, ungewohnt, sie wieder in der Küche zu sehen, schön, mit ihr im Zimmer zu sitzen und zu reden. Das grüne Buch liegt auf dem Nachttisch. Alba schüttelt den Kopf.

»Keine Ahnung, was ich mir da gedacht habe«, meint sie und deutet mit dem Kinn darauf. Und dann erzählt Alba, wie es ist, zurück in ihrer Wohnung zu sein.

»Du musst uns mal besuchen kommen«, sagt sie eifrig.

»Klar, gern«, antworte ich und checke noch mal mein Handy. Keine Nachricht von Leo.

Wir verteilen die Arbeitsaufgaben in der Küche. Ich backe Brownies, Alba schneidet Gemüse für die Pizza. Hinterher machen wir alles sauber, legen eine Decke auf den Tisch, zünden eine Kerze an und schalten romantische Musik ein. Alba hat eine Playlist erstellt, die für mehrere Stunden reicht.

Die Haustür geht und kurz darauf steht Papa in seinen grauen Klamotten und der Aktentasche in der Hand im Wohnzimmer. Beim Anblick von Alba zuckt er zusammen. Dann bemerkt er den mit Tischdecke, Servietten und Kerzen gedeckten Tisch.

»Was ist hier los?«

»Es gibt gleich Abendessen, Papa«, sage ich. »Zieh den bunten Pulli an. Den, in dem du so glücklich aussiehst.«

Papa macht große Augen.

»Kommt sie?«, flüstert er.

Ich nicke.

Während Papa sich umzieht, kommt May. Sie trägt das rote Wickelkleid, das sie beim ersten Mal anhatte, und scheint beim Friseur gewesen zu sein. Ihre Haare liegen ordentlich an, vielleicht hat sie ein Glätteisen benutzt. Alba und ich stehen wie zwei Kellnerinnen neben dem Tisch parat. Papa taucht in seinem Pulli auf, bleibt wie angewurzelt stehen und starrt May hingerissen an. Die Kellnerinnen bemerkt er kaum.

»Schön, dich zu sehen, Knut«, sagt May und wird noch röter als ihr Kleid.

»Es gibt Gemüsepizza«, verkünden wir.

»Diesmal ohne Gurke«, ergänze ich und May lacht schallend.

Wir gucken Cora & Caitlin in meinem Zimmer, während die Erwachsenen im Wohnzimmer anstoßen und lachen. Vielleicht müssen sie ja nicht gleich zusammenziehen, aber wenn man so viel kaputt gemacht hat, ist es schön, auch wieder etwas zu reparieren.

»Du, Inken«, sagt Alba. »Wir haben ja jeweils nur eine Stimme bei der Wahl bekommen.« Sie lacht kurz und schaut mich fragend an. »Hast du …?«

»Ja«, lächle ich. »Und du hast mich gewählt, stimmt's?«

Alba nickt. »Dann ist es sozusagen unentschieden ausgegangen.«

Plötzlich sehe ich, dass ich eine Nachricht bekommen habe. Die viertausend Schmetterlinge flattern wieder durcheinander. Oder nein, mehr. Fünftausend. Denn Leo will sich mit mir treffen.

»Ich muss los«, sage ich und zeige Alba mein Handy.

Alba nickt und lehnt sich auf ihrem alten Schlafsofa zurück.

Als ich am Strand ankomme, ist Leo nirgends zu sehen. Sein Fahrrad auch nicht. Jetzt im Herbst herrscht eine ganz andere Stimmung. Seit *der Sache mit Leo* war ich nicht mehr hier. Die Wellen schwappen ans Ufer und ich fröstle. Die Badeplattform schwimmt nicht mehr auf dem Wasser. Warum wollte Leo sich hier treffen? Ich denke daran, was ich in das grüne Buch geschrieben habe, an all die Male, die ich an etwas Schönes denken wollte und mir die Badeplattform vorgestellt habe.

Da höre ich es. Meinen Namen. Leo winkt mich zu sich. Er sitzt da und lächelt, und als ich näher komme, erkenne ich, dass er auf der Badeplattform sitzt. Sie wurde ans Ufer gezogen.

»Hey«, sagt er wie immer, wenn er mich sieht. Doch als ich mich neben ihn auf die Badeplattform setze, sagt er Hi und meinen Namen.

»Hi, Inken.«

»Hi, Leo«, sage ich und dann sitzen wir da und blicken aufs Wasser. Auf die Wellen, die ans Ufer schwappen, und ab und zu auf ein vorbeibrausendes Boot.

»Ich finde dich nicht gestört«, sagt Leo nach einer Weile. »Tut mir leid, dass ich das gesagt hab.«

»Aber ich *war* gestört«, sage ich und lächle ihn an. »Und zwar ziemlich!« Ich hole Luft. »Ich wollte beliebt werden, damit du mich bemerkst«, fahre ich fort, denn in den letzten Tagen habe ich mich im Ehrlichsein geübt und gute Erfahrungen damit gemacht.

Die Badeplattform knarzt im Wind. Die Haare wehen mir ins Gesicht. Leo streicht mir mit seiner warmen Hand eine Strähne weg und ein weiterer Schwarm Schmetterlinge flattert durch meinen Bauch.

»Ich hab dich auch so bemerkt«, sagt Leo und dann rutscht er noch ein Stück näher, genau wie ich und Alba mit unseren Stühlen während der Gruppenarbeit. Ich rutsche auch ein Stück näher und der Duft von Waschpulver steigt mir in die Nase. So sitzen wir lange da. Einfach nur so.

Und ich denke an Victoria und Iselin und alle anderen beliebten Mädchen auf der Welt, die es nicht ansatzweise so schön haben wie ich gerade. Es ist windig und kalt und Herbst und bald dunkel. Und ungemütlich auf der Badeplattform. Trotzdem: Wenn ich das nächste Mal an etwas Schönes denken will, werde ich mich hieran erinnern.

An genau diesen Moment.

DIE AUTORIN

Marianne Kaurin, geboren 1974, studierte am Norwegischen Kinderbuchinstitut in Oslo. 2012 debütierte sie mit ihrem Jugendroman *Beinahe Herbst* (Arctis), für den sie zwei der wichtigsten Jugendliteraturpreise Norwegens erhielt. 2021 folgte die Auszeichnung mit dem Deutschen Jugendliteraturpreis in der Kategorie Kinderbuch für *Irgendwo ist immer Süden* (WooW Books). Die Autorin wohnt mit ihrer Familie in Oslo.

DIE ÜBERSETZERIN

Franziska Hüther, geboren 1988, studierte Skandinavistik und Kinder- und Jugendliteraturwissenschaften in Frankfurt am Main und Reykjavík. Sie übersetzt aus dem Dänischen, Schwedischen und Norwegischen. Für ihre Übersetzung von Marianne Kaurins *Irgendwo ist immer Süden* wurde Franziska Hüther 2021 mit dem Deutschen Jugendliteraturpreis ausgezeichnet.

DIE ILLUSTRATORIN

Friederike Ablang wurde 1977 in Berlin geboren und studierte in Großbritannien und Deutschland Fotografie und Gestaltung. 2004 machte sie ihr Diplom an der Kunsthochschule Berlin-Weißensee und arbeitet seitdem als freie Illustratorin. Sie wohnt mit ihrer Familie, einer Katze und vielen Wollmäusen in Berlin.

DIE BESTEN SOMMERFERIEN ALLER ZEITEN

Marianne Kaurin
Irgendwo ist immer Süden
Aus dem Norwegischen
von Franziska Hüther
Gebunden | 240 Seiten
€ 15,00 [D] | € 15,50 [A]
ISBN 978-3-96177-050-2

Alle verreisen in den Sommerferien ins Ausland. Nur Ina bleibt zu Hause – dabei hätte sie so gerne auch spannende Urlaubspläne. Und plötzlich hört sie sich vor ihrer Klasse sagen, sie würde in den Süden fahren. Damit die Lüge nicht auffliegt, bleibt Ina in den Ferien von morgens bis abends in ihrem Zimmer. Bis der Neue aus der Klasse sie am Fenster entdeckt und ihr einen verrückten Vorschlag macht.

LESEPROBE

MARIANNE KAURIN

IRGENDWO IST IMMER
SÜDEN

Aus dem Norwegischen von Franziska Hüther

Heute ist der letzte Tag. Nur noch ein paar Stunden. Dann ist Schluss.

Aber es ist kein Schluss, bei dem man weinen muss. Es kommen keine Axtmörder oder Meteoriten oder Epidemien. Das hier ist ein guter Schluss. Die meisten haben sich darauf gefreut. Haben die Wochen im Kalender durchgestrichen, ihre Koffer gepackt und Sandalen gekauft. Sich eine schicke Sommerfrisur schneiden lassen. Ich habe auch gesagt, dass ich mich freue. Das wird so cool, habe ich gesagt und ausgerechnet, wie lange es noch dauert.

Ich habe schon immer gern Dinge gezählt. Tage und Minuten. Haargummis, Farbstifte, Freunde. Irgendwie fange ich ganz automatisch damit an. In meinem Mäppchen stecken vierzehn lila Buntstifte, obwohl meine Lieblingsfarbe Blau ist. Es sind achtundsechzig Treppenstufen vom vierten Stock bis runter in den Hof, zweiundvierzig Schritte bis zu dem hässlichen Schild mit der Aufschrift *Willkommen im Tyllebakken Bauverein*. Ich habe schon mehr als viertausend Tage gelebt. Ich habe in sechs Wohnungen gewohnt. In drei Städten. Bin in fünf verschiedene Klassen gegangen. Ich hatte drei Freunde, deren Namen mit einem M anfingen. Mit keinem von ihnen habe ich mehr Kontakt, aber M ist mein Lieblingsbuchstabe. Deshalb passt es auch so gut mit Maria.

Wenn mich jemand fragen würde, wie viele Schritte es von der Turnhalle bis zum Klassenzimmer sind, wüsste ich die Antwort. Und genau da bin ich gerade. Direkt vor der Turnhalle, auf dem Weg zum Klassenzimmer. Der Asphalt glüht, die Flagge am Mast ist gehisst. Mathilde und Regine lehnen sich gegen den Zaun der Mittelschule, als ob sie nicht schnell genug dort anfangen könnten. Sie stehen in der Gruppe, in der jeder gern stehen will. Sie *sind* die Gruppe. Alle tragen enge Tops und haben lange Haare. Regine hält ihr Handy hoch, um die ganze Clique auf ein Bild zu kriegen. Sie lachen, haben Spaß.

Ich schließe den Mund, als ich vorbeigehe. Es ist besser, nur im Kopf zu zählen, denke ich und beobachte Mathilde, die mit Kussmund vor der Kamera posiert, bevor sie sich wieder zu den anderen dreht.

Da drüben ist Markus, am Fahnenmast bei den Jungs. Er hat ein rotes T-Shirt an und ist schon richtig braun an den Armen und im Gesicht. Ich höre sein Lachen bis hierher, obwohl ich noch über sechzig Schritte von seiner schönen Stimme entfernt bin. Eigentlich sollte ich laut zählen, wenn ich an ihm vorbeigehe, einfach nur damit er meine Existenz bemerkt. Aber dann wäre ich für alle die Komische, und das wäre nicht wirklich besser, als die Neue zu sein.

Am Eingang stehen Johanne und ein paar andere Mädchen aus der Klasse und schauen sehnsüchtig zu den Schaukeln. Johanne hat noch ihren Fahrradhelm auf und eine Jacke an, obwohl es vierzig Grad sind. Sie reden von irgendeinem Pfadfinderlager, in das sie in den Sommerferien wollen, das wird so toll. Vielleicht könnte ich mich zu dieser Gruppe dazustellen. Im Lager dabei sein. Aber ich träume mich rüber zum Fahnenmast und zur Mittelschule, zu denen, die mich wirklich hochziehen könnten.

Also sage ich wieder einmal nur Hi und laufe schnell durch den Eingang, die Treppen hoch in den zweiten Stock und ins Klassenzimmer, dessen Fenster zum Schulhof zeigen. Das immer still ist, immer wartet.

Ich habe mich gerade ans Fenster gestellt, von wo aus ich einen perfekten Blick auf einen gewissen Fahnenmast habe, als plötzlich die Tür aufgeht und ein Kopf voller Locken erscheint. Ein Junge.

»Hi.«

Nur sein Kopf guckt herein, er lächelt mich mit großen Augen an. Ich habe ihn noch nie vorher gesehen und bleibe zögernd am Fenster stehen.

»Ist das hier die 6a?«

Er macht einen Schritt zurück, schließt die Tür und öffnet sie wieder. Wahrscheinlich hat er auf den Stundenplan geschaut, der draußen hängt.

Ich nicke. Gehe schnell zu meinem Platz und setze mich. Tue so, als ob ich mit etwas Wichtigem beschäftigt wäre, krame in meinem Mäppchen.

»Wie heißt du?«, fragt er und betritt das Klassenzimmer. Blickt sich um und lächelt. Als ob er noch nie zuvor in einem Klassenzimmer gewesen wäre, als wäre unseres vollkommen anders und tausendmal spannender als ein ganz normales norwegisches Durchschnittsklassenzimmer. Er hat eine Hand in der Hosentasche, in der anderen hält er eine Kappe. Das T-Shirt zeigt einen Aufdruck vom Zoo, und die kackbraunen Shorts sind ihm viel zu groß, hängen wie eine Baggy unter der Hüfte, aber auf uncoole Weise. Seine Füße stecken ohne Socken in irgendwelchen Stoffschuhen, die vor hundert Jahren bestimmt mal weiß waren. Die Beine und Arme sind dünn und bleich, die Locken tanzen auf seinem Kopf auf und ab, selbst wenn er sich nicht bewegt.

»Ina«, antworte ich.

»Aha«, sagt er und lächelt noch breiter. Sein einer Schneidezahn ist schief. »Ich bin Vilmer.«

Mehr sagt er nicht, guckt mich nur an. Als würde er darauf warten, dass ich ein Gespräch anfange, als wäre es meine Aufgabe.

Ich könnte fragen, was er in unserem Klassenzimmer macht oder ob er den Zoo mag und überdimensionale Shorts, aber ich komme nicht dazu. Denn jetzt klingelt es, und vier Sekunden später steigt der Lärmpegel in der Klasse bis in den Himmel. Vilmer lehnt sich ganz hinten gegen die Wand. Die anderen scheinen ihn nicht mal zu bemerken, alle lachen, albern herum und reden aufgeregt durcheinander. Denn heute ist der letzte Tag. Bald ist Schluss. Noch drei Stunden mit unserer Lehrerin Vigdis, und dann heißt es Sommerferien.

Die Sommerferien dauern vierundfünfzig Tage. Ich habe es im Kalender abgezählt, der am Kühlschrank hängt. Vierundfünfzig Tage entsprechen eintausendzweihundertsechsundneunzig Stunden. Oder siebenundsiebzigtausendsiebenhundertsechzig Minuten. Die Sekunden habe ich noch nicht ausgerechnet, aber es sind sicher viele. Vielleicht mehrere Millionen.

Jetzt steht Vigdis vor uns, am allerletzten Tag in der 6a. Zu diesem besonderen Anlass hat sie extra ein hellgelbes Kleid angezogen und reichlich Schminke aufgetragen. Die Lippen glänzen rosa, die Haare thronen als pilzartiges Knäuel auf dem Kopf.

»Willkommen, ihr Lieben, zu eurem letzten Tag als Sechstklässler«, sagt sie feierlich und lässt den Blick über das Klassenzimmer schweifen wie eine Königin, die zu ihren Untertanen spricht.

Sie nimmt ihre runde Brille ab und steckt sich den Bügel in den Mund, was sie ungefähr alle zwei Minuten tut. Und weil sie so oft an ihrem Brillengestell nuckelt und solche Unmengen von Lippenstift benutzt, ist sie oft rosa hinter den Ohren. Viele in der Klasse finden Vigdis blöd. Machen ihren schaukelnden Gang nach und lästern über ihre langweiligen Kleider. Vigdis scheint es nicht zu stören. Einmal hat sie Markus dabei erwischt, wie er sie nachmachte. Er watschelte im Klassenzimmer herum und gackerte wie ein Huhn, während Vigdis in der Tür stand und ihm zuguckte. Markus war ziemlich verlegen, aber Vigdis lachte nur.

»Kikeriki, kikeriku, das Huhn bist du«, sagte sie und lief in ihrer selbstreflektierenden Sicherheitsweste, unter der man deutlich ihre Hängebrüste sieht, zur Pausenaufsicht nach draußen.

Jetzt deutet sie zur Wand auf der gegenüberliegenden Seite des Klassenzimmers, und alle drehen sich um. Ein Flüstern geht durch die Reihen, als die anderen den unbekannten Jungen in seinen hässlichen Klamotten entdecken. Die Leute in meiner Klasse nehmen es sehr genau, was Kleidung betrifft.

»Da bist du ja«, sagt Vigdis zu dem Jungen, der sich als Vilmer vorgestellt hat. »Wie wunderbar, dass du kommen konntest.«

Sie geht zu ihm nach hinten, begrüßt ihn, zieht ihn hinter sich her zur Tafel und breitet die Arme aus.

»Wir haben Besuch«, verkündet sie und legt ihre Hände mit festem Griff auf seine Schultern. Sie sieht stolz aus, als würde sie gerade ein neugeborenes Baby zum ersten Mal der Familie präsentieren.

»Und dieser junge Mann, meine Damen und Herren, wird nach den Ferien in unserer Klasse beginnen. Heute ist er nur hier, um kurz Hallo zu sagen.«

Sie beugt sich zu Vilmer vor.

»Du kannst ja selbst erzählen, wie du heißt.«

»Vilmer«, sagt er laut und deutlich.

Ein paar Leute kichern.

»Genau«, sagt Vigdis. »Vilmer ist neu hierhergezogen. Wo wohnst du noch mal?«

»Trostevejen 30«, sagt Vilmer. »Aufgang F.«

Er klingt wie ein kleines Kind, das eben erst gelernt hat, seine Adresse auswendig aufzusagen.

»Genau«, sagt Vigdis wieder. »Das ist nämlich im Tyllebakken Bauverein.«

Jetzt kichern noch mehr Leute aus der Klasse. Ich weiß nicht, was am Tyllebakken Bauverein so lustig ist, abgesehen davon, dass er einen Spitznamen hat, der sich auf Tylle reimt, und er bei einem Wettbewerb um die hässlichsten Wohnorte garantiert den ersten Platz gewinnen würde.

»Ina wohnt ja auch dort«, ergänzt Vigdis und zeigt auf mich. »Da könnt ihr nach den Sommerferien zusammen zur Schule laufen.«

Eigentlich mag ich Vigdis, sie ist nett. Aber jetzt ärgere

ich mich über sie. Wieso bestimmt sie, dass ich zusammen mit einem Jungen in Schlabbershorts und einem T-Shirt vom Zoo zur Schule laufen soll, nur weil er zufällig auch in Tyllebakken wohnt? Warum muss sie überhaupt von Tyllebakken reden? Es ist ja schön und gut, dass Vigdis Freunde für mich finden will, das probiert sie schon, seit ich hier in der Sechsten angefangen habe. Aber ich brauche Freunde, die mich hochziehen, nicht runter. Und mit diesem Vilmer wäre garantiert Letzteres der Fall.

Schließlich darf Vilmer sich auf einen Stuhl in der allerletzten Reihe setzen. Er versucht, meinen Blick einzufangen, als er an meinem Tisch vorbeigeht, als ob wir schon beste Freunde wären. Bloß weil wir in der Nähe voneinander wohnen und uns zehn Sekunden vor den anderen getroffen haben. Ich schaue schnell woandershin.

»Vigdis, Vigdis!«

Mathilde wedelt mit dem Arm in der Luft herum und fängt direkt an zu reden, obwohl Vigdis immer noch mit Vilmer beschäftigt ist.

»Können wir nicht eine Runde machen, in der jeder erzählt, wohin er in den Ferien fährt?«

Der Vorschlag stößt sofort auf große Begeisterung. Mallorca, USA, Frankreich, rufen alle durcheinander. Mathilde ist inzwischen aufgestanden und fuchtelt mit den Armen, um die Runde zu organisieren, bei der offensichtlich so viele dabei sein wollen. Vigdis schlägt vor, dass vielleicht nicht alle etwas erzählen müssen, aber Mathilde ist viel zu aufgeregt und hört gar nicht zu.

»Tuva fängt an!«, ruft sie und zeigt zum Fensterplatz in der ersten Reihe.

Mein Bein zittert, der Mund ist trocken. Und Tuva erzählt, dass sie für drei Wochen nach Italien fährt, in den südlichen Teil.

Mathilde deutet auf Teodor, damit alle verstehen, dass wir von vorne nach hinten vorgehen, Tisch für Tisch.

Ich zähle bis elf. Lege die Hand aufs Bein, um es ruhig zu halten. Elf Tische, bis ich an der Reihe bin.

Teodor fährt nach Kroatien. Selma für mehrere Wochen nach Spanien. Simen, der hinter Selma sitzt, fliegt nach Florida. Das erzählt er mit lauter und deutlicher Stimme, mehrere seufzen neidisch. Una, die nach Simen an der Reihe ist, würde auch viel lieber nach Florida reisen, doch bei ihr geht es nur nach Dänemark.

»Aber nächstes Jahr«, fügt sie hinzu, »fahren wir dafür vier Wochen nach Thailand.«

Noch sieben Tische, dann bin ich dran.

Mathias macht Urlaub auf Rhodos. Vilde in Dubai. Alle haben Pläne für die Sommerferien, alle werden sie davon erzählen. Alle verreisen. Ins Ausland. Die Leute in dieser Klasse sind total heiß aufs Ausland. Es gab sogar einen Wettstreit, wer schon in den meisten Ländern war. Regine führt mit siebenundzwanzig.

Ich schaue zu Vigdis und starre auf meinen Tisch, während Mathilde verkündet, dass sie zwei Wochen in einem Resort in Portugal verbringen wird. Ich weiß nicht genau, was ein Resort ist, aber es hört sich ziemlich schick an. Gleich bin ich dran. Gleich muss ich etwas erzählen. Es pocht in meinem Bauch, fast ganz oben beim Herzen.

»Du lieber Gott«, sagt Vigdis überwältigt. »Hier gibt es aber wirklich viele Weltenbummler. Wisst ihr, was ich in den Ferien vorhabe?«

Es sind nur noch drei vor mir, daher ist es gut, dass Vigdis kurz übernimmt und ich Zeit habe, etwas mehr über meine eigenen Reisepläne nachzudenken.

»Ich habe mir ein Sommerhäuschen gekauft. An einem See im Wald. Mein eigenes kleines Resort sozusagen. Da werde ich den ganzen Sommer sein und nichts tun außer Bücher lesen und gutes Essen kochen. Das wird sicher auch sehr schön, meint ihr nicht?«

Keiner antwortet, nur ein paar Leute nicken, und irgendjemand macht eine Art Grunzlaut. Als ob Vigdis' Ferienpläne ultra-lame wären. Ganz ehrlich, wer will schon an einem See im Wald hocken und Bücher lesen?

Markus ist der Nächste. Er sitzt zwei Tische vor mir. Ich verbringe jeden Tag vier Stunden damit, seinen Rücken zu betrachten. Das sind ganz schön viele Minuten, wenn man es auf ein volles Schuljahr hochrechnet. Ich kenne seinen Rücken quasi auswendig, weiß genau, wie es aussieht, wenn er hustet oder lacht, die feinen Bewegungen zwischen seinen Schulterblättern. Bemerke sofort, wenn er einen neuen Pulli anhat. Ich habe mir insgesamt bestimmt schon zweitausend Stunden vorgestellt, wie es wäre, mit der Hand über seinen Nacken zu streichen und den Rücken hinunterzufahren, den ich die ganze Zeit anstarre.

Markus erklärt, dass er erst mal im Sommerhaus in Sørland ist, gleich morgen geht es los. Dann fliegt er für zwei Wochen nach Spanien. Er nickt Selma zu.

»Aber worauf ich mich am meisten freue«, fährt er eifrig fort, »ist London.«

Er macht eine kurze Pause, vergewissert sich, dass er die volle Aufmerksamkeit hat.

»Denn da gehen mein Vater und ich zum Chelsea-Spiel. Das wird der Hammer, mein Vater ist nämlich genauso ein Chelsea-Fan wie ich.«

Er dreht sich lächelnd zu Julie um. Mein Gesicht wird heiß wie ein Wasserkocher, denn ich sitze direkt hinter Julie. Er schaut also fast zu mir. Nur ein paar Zentimeter, dann würden sich unsere Blicke kreuzen.

Julie beginnt zögernd, ihre Stimme ist rau. Vielleicht hat sie ja nichts zu erzählen, wird nicht vierundfünfzig Tage lang die aufregendsten Dinge erleben, sondern einfach nur zu Hause sein. Aber so ist es natürlich nicht. Kein Mensch ist im Sommer einfach nur *zu Hause*.

Julie fährt nämlich nach Zypern. Mit ihrer Mutter. Und dann nach Frankreich, mit ihrem Vater.

»Das ist das Tolle daran, wenn man geschiedene Eltern hat«, erklärt sie hochzufrieden, »man fährt zweimal richtig in den Urlaub. Die Ferien werden sozusagen verdoppelt.«

Sie dreht sich auf ihrem Stuhl zu mir um und schaut mich an. Alle schauen mich an. Auch Vigdis. Es wird still. Vollkommen still. Ich weiß, dass ich den Mund aufmachen muss, weil alle hören wollen, was ich im Sommer unternehmen werde, welche spannenden Pläne ich mit meiner Familie habe, was ich alles erleben werde. Ich sehe von einem zum anderen, in die neugierigen Gesichter, aber mein Mund ist leer. Es ist kein einziges Wort darin. Ich räuspere mich, öffne den Mund und schließe ihn wieder, schlucke, und dann geben meine Stimmbänder einen schwachen Laut von sich.

»Im Sommer«, sage ich und schaue zu Markus.

Er schaut zurück. Jetzt schaut er mich an!

»Im Sommer«, wiederhole ich und warte darauf, dass mir etwas einfällt.

»Im Sommer fahre ich in den Süden.«

Vigdis nickt ermutigend und lächelt. Markus schaut mich immer noch an. Alle schauen mich an, sie wollen mehr.

»Ich freue mich schon so«, sage ich und sehe die

Schwimmbecken und Wasserrutschen und den ewig langen weißen Strand, die Sonnenschirme und den Kids Club vor mir. Für den ich natürlich zu groß bin.

»Ich werde schwimmen und in der Sonne liegen und mich entspannen. Einfach nur Südendinge machen. Viele Wochen lang. Morgen früh fahren wir los.«

Auf einmal höre ich ein Kichern. Oder besser gesagt zwei. Es kommt von der vorletzten Reihe am Fenster. Mathilde lehnt sich zu Regine, hält sich die Hand vor den Mund und flüstert ihr irgendwas ins Ohr.

»Es gibt keinen Ort, der Süden heißt«, sagt Regine sachlich.

Sie ist Zweite Vorsitzende im Schülerrat und will später Anwältin werden, genau wie ihre Mutter.

»*Süden*, also, das klingt echt bescheuert.«

Mein Bein fängt wieder an zu zittern. Und der linke Arm auch ein bisschen. Können wir jetzt nicht einfach weitermachen, kann nicht irgendwer anders übernehmen?

»Wo genau fährst du denn hin, Ina? Süden ist ja kein Land.«

Die beiden kichern wieder. Mehrere andere lachen ebenfalls. Aber da mischt sich glücklicherweise Vigdis ein.

»Es ist ganz normal, dass man Süden sagt, auch wenn es kein physischer Ort auf der Karte ist. So nennt man es eben, wenn man irgendwohin weiter südlich in Urlaub fährt, um sich zu entspannen und Spaß zu haben und schwimmen zu gehen. Genau wie Ina.«

Vigdis zeigt ganz merkwürdig auf mich. Als wären die anderen in der Klasse senil und hätten plötzlich vergessen, von wem eigentlich die Rede ist.

»Der Süden kann also theoretisch an jedem beliebigen Ort der Welt liegen.«

Vigdis sieht zu Marte, und dann geht die Runde weiter. Zum Glück. Genug vom Süden.

Auf Marte wartet Wanderurlaub in den Bergen, anschließend fährt sie den Rallarvegen mit dem Fahrrad. Patrick macht eine dreiwöchige Rundreise mit dem Auto durch Europa. Johanne besucht ihre Großeltern auf den Lofoten. Regine ist in den Ferien auf Kreta, einer Insel im Süden. Sie guckt zu mir, als sie Süden sagt, betont das Wort, als würde sie es einem Dreijährigen oder einer Person mit einem Hirnschaden erklären.

»Aber erst mal bin ich für eine Woche zum Shoppen in Paris«, verkündet sie stolz und schaut zu Mathilde.

Als alle von ihren Plänen erzählt haben, übernimmt Vigdis wieder.

»So, dann fangen wir jetzt an«, sagt sie. Aber da entdeckt sie Vilmer ganz hinten. »Huch, dich haben wir ja völlig vergessen zu fragen, Vilmer. Hast du irgendwelche spannenden Pläne?«

Alle drehen sich zu ihm um.

Er lächelt.

»Ich fahre auch in den Süden«, sagt er und wirft mir einen Blick zu.

Was meint er damit?

»Nee, Quatsch«, sagt er dann. »Ich bleibe zu Hause.«

Jetzt schaut er Vigdis an.

»Mein Vater ist nämlich pleite, deshalb wird es dieses Jahr nichts mit Urlaub.«

Er zuckt mit den Achseln und lehnt sich zurück.

Natürlich kichert jemand. Irgendjemand kichert immer.

»Kein Süden für mich«, sagt Vilmer mit breitem Lächeln.

Als ob es ihm völlig egal wäre, dass er nirgendwohin fährt. Es sieht aus, als würde er sich auf die Ferien freuen, obwohl er einfach nur zu Hause bleibt. Mit seinem Vater, der pleite ist. Im Tyllebakken Bauverein